「用済み」聖女ですが、
実は宮廷薬師が天職だったようです。
～追放先で作ったポーションは
聖女の魔力が宿ったとんでも秘薬でした～

万野みずき

目次

CHARACTERS

レグルス

「血染めの冷血王子」の異名を持つアース王国の第一王子で、すべての攻撃魔法を扱える「黒魔力」を持つ規格外の魔術師。ある戦いで両目を失い、スピカのポーションにより回復。スピカを見初めて宮廷のお抱え薬師として迎え入れる。

スピカ

治癒魔法を得意とする『聖女の魔力』を宿す聖女。ハダルに用済みと言い渡され、婚約破棄＆宮廷追放。それでも誰かの役に立ちたいと思い、薬師になることを決意する。

ハダル

ヴィーナス王国の第二王子。ポーション技術の発展で聖女の力は不要と判断し、スピカに解雇と婚約破棄を告げた元婚約者。

「用済み」聖女ですが、実は宮廷薬師が天職だったようです。

"Youzumi" Seijyo desuga, Jitsu wa kyutei kusushi ga Tensyoku datta youdesu.

～追放先で作ったポーションは聖女の魔力が宿ったとんでも秘薬でした～

アース王国

ベガ

ライラ公爵家長男。騎士修行を兼ねてレグルスの従騎士として仕える。レグルスの勇姿に憧れ、尊敬している。

ゾスマ

現国王。レグルスの父。

カストル

王国騎士団の第一師団・副師団長。

ヴィーナス王国

カペラ

スピカが追放されたのち、ハダルと婚約する令嬢。王家ラビアータ侯爵家では魔物の研究をしている。

プロキシマ

第一王子。ハダルの兄。

リンクス

ハダルの従者。王家への忠誠心が強い。

プロローグ

「聖女スピカ、貴様との婚約を破棄する」

宮廷のパーティー会場にて行われている、上流階級を招いた夜会。

その場にて、私は婚約者の第二王子ハダル・セントに婚約破棄を告げられた。

周囲から夜会参加者たちの視線が集中する。

いつもは不干渉な婚約者が、いきなり今回の夜会に呼び出してきた。

だから私はてっきり、正式に式の日取りをみんなの前で発表するんじゃないかと期待して、気合を入れて精一杯にめかし込んだ。

プリンセスラインのパステルブルーのカラードレスを新調。

デコルテは四角くカットされたスクエアネックのデザインで、すっきりとさせた首元には短めのシルバーのネックレスを着けている。

スカート部分はタッキングでふんわりとボリュームを出し、晴れ舞台に相応しいように全体的に少し背伸びをしたデザインでまとめてもらった。

けど、そんな風に浮かれていた私が間抜けだった。

「ど、どうしていきなり、婚約破棄なのでしょうか？　それに、お隣のそのご令嬢は……」

彼の隣には、煌びやかな黒ドレスを着ている女性が立っている。

普段から彼と仲良くしている姿をよく見る侯爵令嬢カペラ。

彼女はこちらに勝ち誇った笑みを見せながら、ハダル様の腕にぎゅっと身を寄せていた。

私にはないたわわな果実がビスチェのネックラインから大胆に晒されており、それを羨むように見つめる貴族子息の者たちもチラホラと。

夜会では度々、男性たちの目を引いている華やかなカペラと違い、私はどちらかといえば地味でスタイルも平々凡々。

唯一自慢できるのは母親譲りの滑らかな銀の長髪と澄んだ碧眼くらいで、子息たちの注目を集めているのは確実に豊艶なカペラの方だった。

「どうやら婚約破棄された理由を自覚していないらしいな。ならば教えてやろう」

ハダル様は周りの参加者たちにも聞こえるように声を張り上げた。

「貴様も知っての通り、近頃は様々な分野の技術進歩が目覚ましい。特にポーション技術の発展は目を見張るものがあり、誰でも良質なポーションを手に入れられる時代がすぐそこまでやってきている」

ハダル様はまさにその現物であるポーションを懐から取り出す。

それを掲げながら、彼はさらに続けた。

「これにより聖女の治癒魔法は完全に無用の長物となる。聖女という存在自体に価値が無くなるのだ。そのためこの私との婚約も破棄とし、宮廷からも解雇とする。そして私はここにいる侯爵令嬢のカペラ・ラビアータを新たな婚約者として迎え入れることを宣言する」

「…………」

衆人たちのどよめきが会場を満たす。

確かに今、ポーション技術の進歩は著しい。

服用するだけで体の傷がみるみる塞がっていく魔法薬。

聖女の私が使える治癒魔法とほとんど同じ効力を発揮する。

だから私も聖女としての立場が危ぶまれるかもしれないと危惧していた。

実際ここ最近は、治療活動を行う宮廷治療室に来るお客さんは減ってきていたし、実物を使用したことがある騎士たちが治癒魔法より便利だと噂しているのも聞いたことがある。

でもだからって、いきなり解雇宣告と婚約破棄なんて理不尽すぎる。

これまで私は、国民だけでなく王国騎士団の治療にも尽力してきた。

ハダル様の婚約者として合間の花嫁修業も欠かさなかったのに。

私たちの間に愛はなかった。でも国王陛下の意思で婚約が決まり、同じ使命感を持っていると思っていた。

でも彼は、すぐにでも私との関係を終わらせて、侯爵令嬢カペラと添い遂げたいと思っていたようだ。

……お似合い、と言えばお似合いなのかもしれない。

夜会で男性の目を引いているカペラと同じく、ハダル様も多くの令嬢たちを魅了する美形。

輝きを放つ金髪に宝石のように綺麗な翠玉色の瞳。

一見すると全体的に線は細いが、目を凝らすとジュストコールに隠された、騎士修行を経て培われた筋肉質な体がよくわかる。

美男美女のふたりが手を取り合う様子は、豪華なシャンデリアやカーペットが目立つパーティー会場も相まってとても絵になっていた。

「長い間待たせてしまってすまないな、カペラ」

「ようやくハダル様はお辛いご使命から解放されるのですね。王族だからといって聖女との婚約を義務づけられ、自由を奪われてしまうなど何度聞いてもお労しいですわ」

「しかしそんな使命も今世代限りで終わりだ。ポーション技術の発展により、聖女の力は不要になったのだからな。これでカペラとの真実の愛を貫くことができる」

聖女。

白色の魔力……通称『聖女の魔力』を宿した人間のこと。

人は生まれながらに『魔力』を宿していて、『魔法』という超常的現象を引き起こすことができる。

魔力には〝色〟が存在し、色によって得意魔法というのが変わる。

赤魔力は炎魔法、青魔力は水魔法、緑魔力は風魔法、といった具合に。

そして白魔力を持つ者は治癒魔法を得意とし、白色以外の魔力では治癒魔法を扱うことができないのだ。

加えて白魔力を宿した人間は一世代にひとり、しかも女性のみにしか現れないと言われているほど希少。

そのため白魔力持ちの人間はどの時代でも大事にされて、身分に関係なく宮廷で保護されたという。

かつて世界的な大災害から王国を救った実績もあり、いつの時代からか白魔力を持った人間を『聖女』、白色の魔力を『聖女の魔力』と呼ぶようになった。

かくいう私も五歳の時に白魔力を持っていることが判明してから、聖女として宮廷に囲われた。

魔力の色や濃さはある程度血筋によって決まるので、聖女の魔力が後世に受け継がれる可能性を少しでも高めるために、王家の人間との婚約も結ばされた。

しかし今、長らく続いてきたその慣習が終わりを告げようとしている。

ポーション技術の発展によって。

でも、ここで素直に婚約破棄を受け入れるわけにはいかない。

「お待ちください、ハダル様」

「なんだ？　何か文句でもあるのか？」

「私たちの婚約はすでに契約として、両家の間で正式に交(か)わされております。確認なのですが、此度(こたび)の婚約破棄を国王様は承知していらっしゃるのでしょうか？」

夜会の場にはハダル様とカペラ、そして招かれた上流階級の人間しかいない。

彼の兄である第一王子も、王国騎士団を率いて魔占領域の開拓作戦に参加中で王都に不在。

国王様も王妃様もおらず、ハダル様より上の位の人物がひとりもいない状況なのだ。

もしかしたらこれはただのハダル様の暴走で、国王様に伝えれば彼を止めてくれるかもしれない。

そんな淡い期待も、即座に打ち砕かれた。

「貴様も知っての通りだ。父上……リギル国王は現在、幼少時に受けた魔物の呪いが悪化し、体調を崩されて治療院で療養中だ」

呪い。

魔物が使う厄介な力のひとつ。呪われた人物は特定の身体的異常が発生する。

衰弱(すいじゃく)、石化(せっか)、獣化(じゅうか)、老化、洗脳などなど……

そんな呪いを自力で解く方法は今のところ見つかっておらず、治癒魔法やポーションでも治療ができない。

唯一、その呪いの元となった魔物を討伐することで解呪(かいじゅ)ができるが、リギル国王はいまだに呪いを取り払えずに度々治療院に運ばれている。

「そのため現在はまともに面会も叶わない。だがリギル国王も、必ず同じ決断をすると断言できる」

「そこは、国王様の意向をきちんとお確かめになってからの方が……」

「くどいぞ！」

えぇ……。

聞く耳を持たないとはまさにこのこと。

確かに国王様も聖女に価値が無くなったと判断する可能性はある。

それほどまでに、現在普及しつつあるポーションは使い勝手もいいから。

それで私が解雇されても不思議じゃないけど、そこは一応確かめてから婚約破棄の話を進めるべきなんじゃないでしょうか？

「貴様の思惑はわかっているぞ。生家のヴァルゴ伯爵家は多額の負債を抱えている。俺との婚約を成立させ、王家から経済的支援を得ようと考えているのだろう」

「あらあらスピカ様ったら、王家との繋がりにしがみつこうという魂胆が見え透いておりますわよ」

いや、確かにその通りではあるんですけどね。

私の実家のヴァルゴ伯爵家は、先代の時期に魔物被害と領地の不作の二重打撃によって経営不振に陥っている。

多方から多額の借金も背負っていて、このままでは爵位の返上もやむなく没落する可能性がある。

だから私に『聖女の魔力』が宿っていることがわかって、家族は揃って歓喜したものだ。

王家との繋がりを得られれば、貧乏伯爵家の実家と領民たちを裕福にすることもできるから。

そんなわけで私は、ハダル様との婚約を破棄されるわけにはいかないんだけど……

「たかが貧乏伯爵家の令嬢と第二王子の婚約が成立していたのは聖女に価値があったからだ。しかし聖女に価値がなくなればこの婚約は成立しなくなる。私は呪縛から解き放たれて、真に愛する者と結ばれることができるようになったのだ」

そのようなことを言われてしまえば、私に反論の余地はなかった。

そして遅まきながら、今回の夜会はこのために催されたのだと理解する。

聖女が無価値になったことを強調するための場所。

加えて、侯爵令嬢カペラとの婚約を大々的に発表するための場所。

周りに目があれば、私もしつこく反論してくることはないと考えたのだろう。

事実、会場は沸き立っていて、私は水を差すことができなかった。

人知れずドレスをぎゅっと握り、私は涙を堪える。

こんなに気合を入れて着飾って、馬鹿みたいだ。

お互いが十八になったら婚姻を結ぶことになっていた。

ちょうどその歳になったものだから、今日は式の日取りを正式に発表するものだと思っていたのに。

「皆様方、真実の愛によって結ばれたこの第二王子ハダルと婚約者のカペラのことを、これからどうか温かく見守ってくださいませ」

政略だからって、私はハダル様の花嫁になれることを誇りに感じていた。

分不相応（ぶんふそうおう）かもしれないけど、あなたに相応しい花嫁になろうと決心していた。

今日はみんなに正式な婚姻を祝福してもらえるものだと、すごく嬉しい気持ちで満たされていたのに。

衆人たちの拍手が鳴り響く中、私は耐え切れなくなって逃げるように背を向けた。

そして背中越しにハダル様とカペラの仲睦まじいやり取りを聞きながら、宮廷のパーティー会場を後にしたのだった。

第一章　聖女の私はお払い箱です

宮廷に用意されていた自室でドレスを脱ぎ、身軽な青のワンピースに着替えた。

そして手早く荷物をまとめて、私はその足で宮廷を出る。

宮廷を出る直前、ハダル様の従者から後日生家の方に少なからずの慰謝料を手配する旨を、淡々と伝えられた。

それを聞いて、改めて私は王子の婚約者でなくなったのだと自覚する。

そしてその日は、とりあえず王都の宿に部屋をとって、そこで寝泊まりをすることにした。

少し冷静になる時間と空間が欲しかったから。

「はぁ……」

私は力なくベッドに倒れて嘆息する。

思いがけない婚約破棄と解雇宣告。

なんだか、これまでの頑張りをすべて否定されたような気持ちになった。

たとえ愛がなくても立派な花嫁になろうと勉学と修業を怠らなかった。

実家のためとはいえ、王子の花嫁に相応しい女性になろうと心では誓っていた。

でも無惨にも、私たちの間には少しの絆すら芽生えてはいなかったんだ。

「……いや、違うか」

これは私が悪いんだ。

慣習に甘んじてハダル様との仲を深めようとしなかった私の失態。

聖女である限りこの婚約は必ず成功すると慢心（まんしん）していた私の怠惰（たいだ）。

しっかりハダル様と良好な関係を築けていたなら、私は見捨てられることはなかったんだ。

カペラと仲良くしている姿を見て、どうして少しでも焦りを覚えなかったんだろう。

婚約者としてもっと近くに寄り添うべきだった。好きになってもらえる努力をするべきだった。

「ごめんなさい、お父様、お母様。私が不甲斐ないせいで……」

……いや、くよくよするのはこの辺でやめておこう。

それよりもこれからどうするかについて考えた方が建設的だ。

ポーション技術の発展と普及のせいで、私は聖女のお役目を奪われた。

それによって婚約も破棄されて、宮廷も追放されてしまった。

私は新しい働き口を見つけて、生活基盤を整えなければならない。

どのような仕事に就くか、どのように仕事を探すかそれらを真っ先に考えなければ。

ひとまず実家に戻るという手もあるけど。

「……できれば家には帰りたくないなぁ」

落ち込むみんなの姿を見たくない。

聖女の魔力が宿っているとわかって、私は宮廷に迎えられた。

その時の、感涙で顔を濡らしていた家族たちの様子が今でも忘れられない。

宮廷を追い出されて婚約も無くなったと知ったら、きっとひどく落ち込んでしまうと思う。

おまけに家族のみんなは優しいから、私のことを精一杯慰めてくれるだろうけど、その空気に耐えられる自信がない。

やっぱり実家に戻る手は無しだ。謝罪の手紙だけ送っておこう。

というか私としては、今はこの国にいたくない。

じきにここヴィーナス王国では、私が婚約破棄されて宮廷も追い出されたという不名誉な話が広まる。

そうなれば憐れみの目や多くの嘲笑（ちょうしょう）を受けることになるのは想像に難（かた）くない。

きっと貴族令嬢らしく社交界に参加しても、後ろ指を指されて笑われるだけなんだろうなぁ。

本音を言えば、ほとぼりが冷めるまでは誰も自分のことを知らない場所で静かに過ごしていたい。

「となると、隣国のアース王国かなぁ」

私は脳内で地図を広げて行き先を思い描く。

アース王国なら誰も私のことを知らないし、不名誉な噂が流れてくることもまずない。

このヴィーナス王国より僅(わず)かに魔物被害が多いくらいで、市民の生活水準は変わらないし。

そこでしばらく過ごして、みんなが聖女への関心を無くした頃に戻ってくるのはどうだろう。

悪くない案だと思う。

で、問題は、その隣国でいったい何をするかだ。

人間、仕事に従事していなければ食いっぱぐれるのが世の常。

働かざる者食うべからずだ。

一応、聖女時代にそれなりにお給金はもらっていたので、実家への仕送りをしながらでもそこそこの蓄えはできた。

両替商に通貨を替えてもらえば、向こうでもしばらくは暮らせると思うけど、それもそう長くは持たない。

だから食べていくための稼ぎ口をきちんと確保しないと。

パッと思いつくのは酒場の店員とか花屋の手伝いかな?

今までずっと宮廷にこもって治癒活動ばかりしていたから、私にできることなんて限られている。

普通の魔術師だったら傭兵か衛兵という道もあるのだろうけど、白魔力では治癒魔法以外の魔法はほとんど使いものにならないから。

――まあ私としては、やっぱりまた誰かの傷を癒すような仕事に就きたいけどね。

苦しんでいる人の傷を癒して感謝される。

あれはとてもいいものだ。

みんながみんな笑顔になって優しい気持ちに満たされるから。

それなら隣国で治癒活動でもしてみようかな。

あっ、でも、向こうでもポーションの普及は始まっているよね。

だとすると怪我をして困っている人はほとんどいないよなぁ。

「ポーションポーションポーション……そんなにポーションがいいですか……」

ポーションに仕事を奪われた憤(いきどお)りが沸々と湧いてくる。

まあ、ポーションの方が使い勝手がいいのは認めるけどさ。

手軽に持ち運べるし長期間の保存もできる。

修練を充分に積んで魔力を鍛えた人しか調合ができないけど、聖女にしかできなかった怪我人の即時治療が他の魔術師でもできるようになったのだ。

怪我人に直接手をかざして治癒魔法を掛けてあげる時代は終わりを告げたということである。

そんな古臭い方法より、今はポーションの方が……

「あっ、そっか」

ポーション、私も作っちゃえばいいんだ。

ポーションを自作してそれを売る。

そうすればまたみんなの傷を癒してあげることができる。

それにポーションが普及したとはいっても、使い勝手の良さから供給が追いついていないと聞く。

出せば出すだけ売れていくとのことなので、一攫千金を狙ってポーション作りを生業とする『魔法薬師』を目指す人も多くなったのだとか。

でも、全員が簡単になれるわけではない。

ポーションを作るためにはそれなりの魔力が必要になるから。

幸い私は、五歳の頃から聖女として治癒活動をしてきたから、魔力だけはかなり鍛えられている。

宮廷にいる時にポーションの作り方に関する貴重な情報も入ってきていたし、あとは材料さえあれば魔法薬師になることも充分に可能だ。

「そうだよ、何も治癒魔法にこだわる必要はないんだ……」

時代が変わったのなら、それに合わせて私も活動方法を変えればいい。

聖女の治癒魔法を捨てて、より便利なポーションの方で怪我人を癒してあげるんだ。

「よし、明日からさっそく頑張ってみよう！」

嫌なことがあったばかりだけど、私はへこたれずに前向きになった。

諸々の準備と手続きを終えて、私は一週間を掛けて隣国のアース王国へとやってきた。

ヴィーナス王国の隣国ということで、街並みや生活水準にそこまでの差はない。

赤褐色の洋瓦を用いた屋根に石畳の道路。土壌は豊かで作物も伸び伸びと育っている。

違いを挙げるとすれば街や村が多かったヴィーナス王国に比べて、自然が豊かということだろうか。

気持ちの問題か、アース王国の方が空気が美味しい気がする。

ここで私は再出発をする。

ポーション作りを生業とする『魔法薬師』として。

「さて、まずはコズミックの町を目指そうかな」

最初の活動拠点として選んだのは、アース王国で最も〝冒険者〟が多いコズミックの町だ。

理由は単純明快、魔物討伐を生業とする冒険者が一番ポーションの使用頻度が高いからである。

そのため町には魔法薬師もそれなりにいて、ポーションの生産と消費は国内一だといえるだろう。

ここでポーションを売れば、買い取ってもらえる可能性は高くなる。

というわけで私はさっそくコズミックの町へとやってきた。

材料調達のついでに、改めて街を見て回ると、ヴィーナス王国との微（かす）かな違いに気が付く。

街の周囲を取り囲む城壁はただのレンガではなく、魔力が込められた特殊石材になっている。

立ち並ぶ街灯にも魔力が使われていて、所々で高い技術力が見受けられる。

また食文化についても違いがあるようで、ヴィーナス王国はどちらかというと魚より肉という傾向ではあったが、アース王国は魚介を取り入れた料理を口にしている風景が度々目に映る。

街並みや人の顔立ちに大きな違いはないけど、こういった些細な部分で国の違いを感じ取れるんだ。

思えばヴィーナス王国を離れたのはこれが初めてで、ちょっとした旅行気分で街を観光しながら材料調達を進めていった。

ポーション作りに必要な材料は三種類。

エメラルドハーブ。スターリーフ。綺麗な水。

ポーション自体の価格は需要も高いため値が張るが、材料そのものはそこまでしない。

調合できる人が少ないからだろうけど、少しでも節約したい私にとってはありがたいことだ。

それから調合に必要な道具と、一応見本としてポーションもひとつだけ買っておく。

そして宿屋で部屋を借りると、調達した道具と材料でさっそくポーションを作ってみることにした。

ポーションの作り方も頭に入っているので抜かりはない。

「さあ、やってみますか。えっとまずは……」

スターリーフを乳鉢と乳棒でコリコリと潰す。

爽やかな香りが出てきて半ペースト状になったら、次に小さな調合釜を用意する。

そこにエメラルドハーブと水、さらに潰したスターリーフを入れて火にかける。

そして専用の木ベラでかき混ぜながら魔力を注入し、煮立った液体を濾して冷ませば完成だ。

これが技術進歩を遂げた、最先端のポーション製作方法。

一見シンプルに見えるが、従来のポーションの作り方からかなり変わったらしい。

そもそも以前は、材料がエメラルドハーブと水だけだったそうだ。

エメラルドハーブを砕いて水に混ぜるだけという製作法で、治癒効果も気休め程度のものとなり、とても治療に使える代物ではなかったとのこと。

それもそのはず、上記の二種類の素材だけではポーションにほとんど魔力が溶け込まないから。

そのせいでハーブの治癒効果もほとんど活性化されず、粗悪なポーションが出来上がってしまったらしい。

しかし研究が進むにつれて、スターリーフを水に溶かすと魔力の循環が促されることが判明した。

加えて神木という神聖な木材で作った木ベラで魔力を注入すると、より効果的に魔力が注がれるとのこと。

神木は魔術師の杖の素材にも使われていて、それをポーションの調合にも応用した結果、最大限の魔力を注ぎ込めるようになったのだとか。

ちなみに神木は希少な木材なので、それで作られた道具は非常に高価だ。

ただ、背に腹は代えられないので、聖女時代に稼いだ貯金を崩して木ベラを購入した。

「くるくる〜」

その木ベラを動かしていると、やがて液体が完全に煮立った。

それから一分ほどぐるぐるかき混ぜて、ハーブの成分が完璧に抽出されたのを確認して火を消す。

あとはこの液体を濾して冷まし、瓶詰めすればポーション作りは終了だ。

「ふぅ、なんとかできた」

小瓶に入った翠玉色の液体を見つめながら、私は安堵の息を吐き出す。

そこまで複雑なことをしたわけじゃないけど、魔力を注ぎ込む分それなりに疲労感がある。

確かにこれは充分に魔力を鍛えた人じゃないと作れないかもしれない。

この手応えからすると、私も一日に二十本程度が限界だろう。

まあとりあえずは第一号が無事に完成した。

さて、問題は……

「うーん、どうやって治験しよう」

これが上手く出来上がっているか確かめないと売り物にはできない。

でも、私は別に怪我をしているわけじゃないから、自分で飲んで確かめることもできないんだよねぇ。

「や、やっぱり、これしかないか……」

私は荷物の中から小さな〝ナイフ〟を取り出す。

その刃を自分の指先にちょんと当てて、ごくりと喉を鳴らした。

そう、傷がないなら、作ってしまえばいい。

ナイフで指先を少し傷付けて、それからポーションを飲んで傷の具合を確認する。

もしポーションがちゃんと作れていたら傷は治るし、何より指先だからそこまで痛くないはず。

いざとなれば治癒魔法でも治せるんだから。

そう、怖がる必要なんてない。

「う、うぅ……！」

私はナイフの冷たい感触を指先に感じたまま、まったく動くことができなかった。

やっぱり怖いよぉ。さすがに自分の体を傷付けるのはすごく怖い。

これまで聖女として宮廷で丁重に扱われていて、危険なことから遠ざけられていた。

だから痛みや苦しみとは無縁の生活を送ってきて、ろくに怪我だってしたことない。

それでいきなり自傷はかなりの勇気が必要になる。

いや、情けない足踏みをしている場合じゃないか。

私は思い切って、『ピッ』と指先の薄皮を切った。

瞬間、思った以上にナイフの切れ味がよく、図らずもそれなりに深い傷が付いてしまう。

「ひぃ！　痛い痛い痛いぃぃ！　じゃあいただきまーす！」

ゴクゴクゴクッ！

夏場で猛仕事をした後、井戸から汲み上げたばかりの冷水を煽るかの如く一息に飲み干す。

と、勢いで飲んでしまったけれど、ポーション自体の味や風味はちゃんと感じ取れた。

一言で例えると、爽やかなハーブティーという感じだ。

スターリーフの柑橘系を思わせる爽快な香りも悪くない。

砂糖か蜂蜜でも加えれば子供でも飲みやすくなるんじゃないかな。

そんな感想が脳内を駆け巡る中、気が付けば指先の方に感じていた痛みが消え去っていた。

「な、治ってる！」

傷付けた指に目をやると、そこは何事もなかったかのように完治していた。

想定よりも深い傷になってしまったけれど、とても綺麗に塞がっている。

ってことは、これはちゃんとしたポーションってことだよね？

よかった、調合手順も間違えてなくて、魔力もきちんと注ぎ込めていたみたいだ。

これでとりあえずは売り物にできるぞ。

手がける人によって多少の治癒効果の差は生まれるみたいだから、正直もう少し効果を確かめてみたかったけど。

それにしても……

「これが、ポーションの力……」

確かにとても便利だ。

飲むだけという手軽さ。持ち運びに便利な大きさ。充分な魔力があれば調合できる簡易性。

それでいて私が使っていた治癒魔法と同等の効果を発揮するのだから、悔しいけど納得できる。

ポーションに私の仕事が奪われてしまったのも、仕方がないのかなと。

『これにより聖女の治癒魔法は完全に無用の長物となる。聖女という存在自体に価値が無くなるのだ』

「…………」

ハダル様の言葉を思い出してしまい、私は静かに唇を噛み締める。

すごく悔しい。けど、今は悔やんでいる暇なんてない。

私はこれからこのポーションを作って、自分に新しい価値を見出すんだから。

「よしっ、どんどん作っていこう……！」

最低限の治癒効果は確認できたので、これをたくさん作って明日売りに行くことにした。

翌日。

作ったポーションを売るために、朝一番に商業ギルドに行って出店許可を得た。

さらには出店場所の確保も抜かりない。

町の東側にある商業地区の端っこの方にある酒場。

その前の小さなスペースを、貸借料を支払って一週間借りる手続きをした。

「よしっ！」

そこに大きな布を敷いて、布の上に昨日作ったばかりのポーションを並べる。

かなり簡易的ではあるが、これで一応露店は完成だ。

あとはひたすらお客さんが来るのを待つだけ。

ここは酒場の前ということで、仕事終わりの冒険者たちが頻繁に通る道だという。

だからポーションも買ってもらいやすいのではないかと思ってこの場所を借りてみた。

それと聖女として治癒活動の際に着用していた、袖口と裾部分に金の刺繍を施した白ローブも着てきたので、これでいくらか目立つことができるだろう。

「ポ、ポーション……ポーションはいかがですか！」

慣れない大声まで出して、客引きも精一杯してみる。

しかし町を歩く人たちは、チラッとこちらを一瞥するだけで通り過ぎてしまう。

たまにこんな会話も聞こえてきた。

「あっ、ポーション売ってるけどどうする?」

「まだ手持ちはあるしいいだろ。それに顔も名前も知らねえ魔法薬師だからな」

やっぱり無名の魔法薬師だと、人がそんなに寄ってこないみたいだ。

ポーションは誰が作ってもそれなりの治癒効果が保証されてはいるけど、それでも差は出るし。

どうせ買うなら信用のあるところから、というのは当然の考えだ。

ちなみにポーションの値段はひとつ千テルス。

これはギルドで定められているポーションの基本価格らしい。

これより下げるのは禁止のため、私もそれに倣ってその値段で売ることにした。

だから低価格設定による客寄せもできない状況となっている。

せめて今日の分の貸借料くらいは取り戻せたらと思ったけど、これだと厳しいかな。

と思っていると、やがてひとりの冒険者らしい男性が露店に近づいてきた。

しかしよりにもよってそれは、超絶強面のイカつい男性冒険者だった。

「い、いらっしゃい、ませ」

「嬢ちゃん見ねえ顔だな」

「は、はい……ごめんなさい」

なぜか我知らず謝ってしまう。

だってめっちゃ怖いんだもん……！

掠れた濁声に丸太のように太い手脚。

糸のように細い黒目からは恐ろしい眼光が放たれている。

お客さん、でいいんだよね？　恫喝しに来たとかじゃないよね？

「ほぉ、ポーションを売ってんのか。もしかして嬢ちゃんの手製か？」

「そそ、そうです。魔法薬師になりたくて、思い切って田舎から都に出てきて……」

聖女のことは念のため伏せておく。

この国にまで噂が流れているわけではないけど、聖女の存在自体は知っているだろうから。

すると強面の男性は……

くしゃっと、怖い顔を笑わせて、こくこくと頷いた。

「若いってのに大したもんだ。見たところポーションの出来もかなり良さそうだしな。町に出てきたばっかかじゃ、色々金銭面とかで苦労することもあるだろうが、無理のない範囲で頑張ってくれ」

「………は、はい。ありがとう、ございます」

そして男性冒険者は、ポーションを二本買って立ち去っていった。

怖い人かと思ったら、めちゃくちゃ優しい人だった。

無名の私のポーションを買っていってくれて、気遣いの言葉までくれた。

しかも二本も買ってくれたし。

人を見た目で判断してはいけない。

とりあえず最初の売り上げを手にすることができて、私は嬉しい気持ちを噛み締めた。

また、誰かの傷を癒して、役に立つことができるんだ。

お金をもらったことで、自分にはこれだけの価値があると言ってもらえたような気持ちになる。

聖女として価値を失くした私だけど、新しい価値をまた誰かに認めてもらうことができたんだ。

「よし……！　よし……！」

この調子でどんどんお客さんを呼び込もう。

今日の販売分の二十五本が全部捌(さば)けなくてもいいから、一本でも多く手に取ってもらうんだ。

そして私のことをひとりにでも多く知ってもらう。

ポーション技術の発展でお払い箱になった哀れな聖女ではなく、魔法薬師スピカとして。

「私は無価値の存在じゃない……！　私はこの場所で、新しい価値を示してみせる……！」

それから私は、一層大きな声で客引きをした。

今さらになって湧いてきた、婚約破棄と強制解雇に対する怒りを発散するかのように。

すると思った以上に足を止めてくれる人が多く、ポーションも凄まじい早さで売れていった。

気が付けば、露店に並べていたポーションは綺麗に無くなっていた。

「たくさん売れてよかったぁ」

私の客引きがよかった、というよりも、やはりポーションの需要が凄まじいように思える。

まあ長期の保存も効くし、いくらあっても困るものではないからね。

無名の魔法薬師とはいえ、ちゃんとギルドの品質調査も通っていて、最低限のクオリティは保証されているわけだし。

ともあれ明日からもこの調子で、どんどんポーションを作って売り捌いていくぞ。

〝少しずつ〟でいいから、魔法薬師として名前を知ってもらうために。


それから三日後のこと。

「もうポーションは売り切れてしまったのか!?」

「頼む！　今すぐに新しいポーションを作ってくれ！」

「ひとつ一万……いいや、十万テルスでいいからよ！」

なんか、私のポーションが大反響を呼んでいました。

アース王国、第一王子レグルス・レオ。

彼は『血染めの冷血王子』と謳われるほどの猛将だ。

王子として王国騎士団の第一師団を率いて、敵国の軍と戦ったり魔占領域を切り開いたりしている。

その武勇伝は数知れず、彼を現代最強の魔術師と断言する者も多い。

特にその根拠として、彼の特異的な魔力が挙げられる。

レグルスの魔力は世界でも類を見ない〝黒い色〟をしている。

魔力は色によって得意魔法が変わるようになっているが、黒魔力だけは例外。

黒魔力は治癒魔法を除いたすべての攻撃魔法を、最大限の力で扱うことができる。

加えてレグルスは、その潜在能力に寄りかかることなく努力と研鑽を惜しまなかった。

魔術師として経験と知識を蓄えて、王子として騎士団を導く指揮能力も磨き上げた。

討ち倒した敵国の名将や災害級の魔物は両手では数え切れず、王国に光を灯す存在となっている。

さらになめらかな肌と鼻筋が通った美麗な顔立ちに、鍛え抜かれたしなやかな肉体、黒髪の隙間から覗く珍しい黒目は宝石のような輝きと艶があり、万民が認める眉目秀麗なその外見もレグルスの名を広める要因となっている。

もはや世界的に見ても、歴史上に名前を残す人物であることに、疑いの余地は一片もありはしない。

しかし、そんな彼は今――まるで別人かのように床に臥していた。

「…………」

鍛え抜かれていた体は線が細くなり、ガウンの隙間から覗く胸板は若干骨張っている。

黒髪で僅かに隠れた目には包帯が巻かれていて、両目を完全に覆っている。

そんなレグルスからは気力も覇気も感じられず、見た者は弱々しい男性という印象しか受けないだろう。

血染めの冷血王子と呼ばれていた猛将の姿は、今や影も形もない。

「レグルス様、失礼いたします」

「……ベガか」

「昼食をお持ちしました」

そんな彼の部屋に、ひとりの少年がやってくる。

青髪を後ろで細く結んだ、中性的な童顔の少年。

汚れを知らない心を映すかのように澄み切った碧眼を持っており、黒のジャケットとパンツを着用していることから、一見すると執事のように見える。

しかし彼の役職は従騎士だ。

ベガ・ライラ。

公爵家の長男で、騎士修行のために二年前にレグルスの従者になった。

修行中の従騎士は、手本となる先輩騎士の身の回りの世話をしながら騎士の素養を積んでいく。

しかしベガが従者になった時には、すでにレグルスはこの状態で、ベガは本来の従騎士とは少し違った形で主の世話をしていた。

そのため通常の従騎士とは違って、主人の世話に従事しやすいよう、騎士的なサーコートではなく執事的な服を着用している。

「本日もお手伝いさせていただきます」

「……いつもすまないな」

ベガはレグルスが腰掛けるベッドまで行くと、昼食を匙でよそって口元にゆっくりと運んだ。

レグルスは唇に匙が触れてからようやく口を開けて、匙の中身を口に含む。

レグルスは、完全に〝目が見えない状態〟だ。

二年前の災害級の魔物との戦いで、彼は仲間を庇って両目を失った。

本来であれば死んでいてもおかしくないほどの重傷ではあったが、その時は運よくポーションを保有していた。

当時はかなり希少だった上質なポーションを持っていたおかげで、なんとか一命は取り留めたが、完全に弾け飛んだ眼は再生されることはなかった。

ポーションは常識外れの効力を持っている魔法薬ではあるが、所詮はただの傷薬だ。

瞬時に傷を塞ぐだけで、人智を超越するような奇跡を起こせるわけじゃない。

千切れた手足は繋がらないし、失われた部位は再生しないし、弾け飛んだ眼が元に戻ることもない。

魔物はその後、辛くも撃退することができたが、レグルスは大切な両目を失って戦線離脱を余儀なくされた。

それからというもの、ひとりで満足に生活をすることもままならず、その頃にちょうど騎士修行にやってきたベガに支えられるようになった。

「今日もこれくらいでいい。手を貸してくれてありがとう」

「も、もう少しお食べになりませんか？　味付けも甘めにと厨房に届け出て、レグルス様のお好みに合わせてみたのですが……」

レグルスは無言でかぶりを振る。

そう応えられてしまい、ベガはおもむろに匙を下げた。

確かに甘めの味付けはレグルスの好みではあるが、目を失ってこの方、食事を美味しく感じない。

視覚の効果というのは真に大きいものらしく、それが何かを頭では理解していても、目からの情報がないと味がほとんどしないのだ。

そのため食が進むことはなく、この通り細々とした体になってしまった。

「……恐れながら、レグルス様の体は栄養が不足しているように見受けられます。お食事の量を増やさないまでも、回数を増やして少しずつ取り入れていくというのはいかがでしょうか？」

「気遣ってくれて感謝する。でも大丈夫だ。これ以上ベガの自己鍛錬の時間を削ってしまうのも忍びないからな」

「私のことでしたら、お気になさらなくてもよろしいのに……」

弱々しげなレグルスを見て、ベガは悲しげに肩を落とす。

ベガは才腕を振るっていた当時のレグルスを知っており、密かに憧れを抱いている。

幼い頃は高慢で公爵家の地位に寄りかかって怠惰な日々を送っていたが、血染めの冷血王子の勇姿を見て以来、心を奪われて真面目に魔法修行に取り組むようになった。

ベガにとってレグルスは自分を変えてくれた恩人でもあるため、早く元気になってもらおうと親身に寄り添っている。

「私はレグルス様の従者ですので、身の回りのお手伝いをさせていただくのは当然のことです」

「だからといって、このように付きっきりで見てもらわなくても大丈夫さ。それに僕も、多少のことなら自分で出来るようにはなったんだから」

「いいえ、おひとりでいて怪我をされるかもしれませんので、どうか私にお手伝いさせてください」

ベガは昼食を片付けながら、十四の少年らしい無垢な笑みを浮かべた。

「未来の国王様に、これ以上傷を負わせるわけにはいきませんから」

「………」

ベガは第一王子のレグルスが次期国王になることを信じて疑っていない。

しかしレグルス本人は、継承権を弟の第二王子に委ねたいと考えている。

国の行く末を自分の目で見届けることができない国王など、滑稽だからと。

（ベガ、僕は君の顔すらまったく知らないんだよ。いつも身の回りの世話をしてくれている従者の顔もわからない。手を貸してもらわなければろくに城を歩くこともできない。本当にこんな僕が、一国を背負って立つ王になれるだろうか）

そんな自嘲的な思いを、第一王子のレグルスは密かに抱えていた。

「あっ、そういえば忘れておりました。レグルス様、こちらをどうぞ……」

「んっ？」

ゴトッとベッドの脇の小棚に何かを置く音が聞こえた。

レグルスは音だけでそれが何かを察する。

「……また、どこかで仕入れてきたポーションか？」

「はい。お手すきの際に試してみてください」

ベガはよく、町で見かけたポーションを仕入れてくる。

彼はまだ、レグルスの目が治ることを諦めていない。

超常的な効能を発揮する魔法薬であれば、いずれレグルスの目を治すものが見つかるのではないかと考えているのだ。

もちろん失われた目を復元できる奇跡の魔法薬など、現状どの国でも開発や発見はされていないため、無駄な手間を掛けさせたとレグルスは罪悪感を募らせる。

「もう、無理に仕入れてくる必要はないんだぞ。所詮ポーションはポーションだ。この目をよくするほどのものが見つかるとはとても……」

「いえ、少しでも可能性があるのなら、試してみるべきだと私は思います。レグルス様の快気を、皆様心待ちにしていますから」

そう言ったベガは、次いで興味深い話をした。

「それに今回のポーションは、少々面白い噂が流れておりまして」

「噂？」

「何やらコズミックの町では最近、とある魔法薬師のポーションが話題を集めているようです。特に冒険者たちの間で騒がれているようで、そのポーションを使った者たちいわく……」

一拍置き、少し冗談めかすような口調で続けた。

「死んでいなければ、なんでも治してくれる秘薬だとか」

「ふふっ、それは本当に安全なものなのだろうな？」

あまりにも冗談がきつすぎるように聞こえる。

そんなものが実在しているのなら、今頃世間は大騒ぎになっているはずだ。

「まあ、さすがにそれは言いすぎかと思いますが、ポーション技術がまだまだ発展途上なのは確かです。もしかしたら不意に、レグルス様の目の回復を見込めるようなポーションも出来上がるかもしれませんよ。ですから引き続き、目ぼしいものを見つけましたらお持ちいたします」

「……面倒を掛ける」

正直望みは薄いと思える。

けれどベガの健気な思いだけは真っ直ぐ受け取ることにした。

「それにたとえ、目の回復が叶わずとも、私があなたの目になります。お傍に仕えてお役に立ってみせますから、どうかご安心くださいませ」

ベガはそう言って、昼食を下げにいった。

彼の前向きな姿勢に当てられて、レグルスは弱気になっていた気持ちを少しだけ持ち直した。

（……そうだな。従者のベガがここまで親身になってくれているんだ。僕が弱気になってはいけない）

目が治る可能性はほとんどないだろうが、それでも自分にできることはまだある。

家族もいまだに背を押してくれていて、何より頼りになるベガが傍にいてくれる。

（ここまで支えてくれたみんなの期待に応えたい）

周りにはまだ苦労や不便をかけることにはなるだろうが、それでも諦めずに国王を目指すことを決めた。

しかし、本音を言えば……

（この国の行く末は、しっかりと自分の目で見届けたかったがな）

国の未来、国民たちの笑顔、大好きだった自然豊かなアース王国の景色。

それがもう見れないというのは、やはりとても寂しく思えてくる。

そんなことを考えながら、レグルスはベガが持ってきてくれたポーションを手に取った。

彼の優しさを無駄にしないために、小瓶の栓を開けてポーションを飲む。

中身をすべて飲み干し、やはり何も変化がないことに少し落胆しながらも、従者の気遣いを感じて心は満たされた。

今はこれだけで充分……

「んっ？」

その時、レグルスは不意に目元に違和感を覚えた。

何やら、目元が〝熱い〟。

包帯の内側で熱気が広がるかのように、そこには確かに熱が生まれていた。

「なん、だ……これは……？」

別に苦痛というわけではなく、むしろ心地よいとも思える温かさ。

次いで、空っぽだった目元に異物感のようなものが生まれて、レグルスは思わず目元を押さえた。

「い、いかがいたしましたか、レグルス様!?」

目を押さえて伏せていたからか、部屋に戻ってきたベガが慌てて駆け寄ってくる。

心配はいらないというように、手を振りながら顔を上げたその時……

包帯の隙間から、ベガの顔が〝見えた〟。

「見、える……」

「えっ？」

そしてベガも見る。

解けかけた包帯の隙間から、失われたはずのレグルスの〝黒い目〟が覗いているのを。

「レ、レグルス様、目が……！」

「あ、あぁ。どうやら、そうみたいだな」

おもむろに包帯を取ると、暗闇に包まれていたレグルスの視界に、唐突に光が差し込んだ。

久しぶりに見る自分の部屋。見違えるように細くなった自分の手脚。初めて見る支え続けてくれた従者の顔。

誠に信じがたいことに、失われたはずのレグルスの目が、一瞬にして元通りになった。

「う、噂は、本当だったということか」

手にしていたポーションの空き瓶に目を移し、レグルスは驚愕の思いで息を呑んだ。

◇

私のポーション、なんかおかしくない？

そう気付いたのは、開店から三日目のことだった。

その日のポーションがすべて捌き切れて、露店の後片付けをしている最中のこと……

突然大勢のお客さんが押し寄せてきた。

『もうポーションは売り切れてしまったのか⁉』

『頼む！　今すぐに新しいポーションを作ってくれ！』

『ひとつ一万……いいや、十万テルスでいいからよ！』

みんな目の色を変えてポーションを買い求めに来て、私は面食らったものだ。

聞けば、ある冒険者パーティーの話がギルドに流れたのがきっかけらしい。

魔物との戦いで仲間のひとりが重傷を負い、右腕を落とされてしまったとのこと。

そして止血のために私のポーションを飲んだところ……

なんと、千切れた腕が再生したそうだ。

普通のポーションであれば、千切れた腕は元に戻らずただ傷口を塞ぐだけのはず。

しかし私のポーションは、欠損した部位を完璧に再生させることができたらしい。

その事実に、製作者の私が一番びっくりしてしまった。

まさかそこまでの治癒効果が秘められているなんて。

ただ、それほどの効力が宿った理由に、少しばかりだけど心当たりはあった。

おそらくだが、『聖女の魔力』が原因ではないかと思う。

というかそれ以外に思いつかない。

唯一治癒魔法を使うことができる白魔力が、ポーションの効力を大幅に活性化させた。

それで腕を生やすほどの治癒効果が宿ったんだと私は考えている。

とにかくあの日以来、私の露店には大勢の冒険者がやってくるようになった。

あまりにも私のポーションを求める人が多いため、ギルドから値段の見直しを要求されたり、商店地区の隅っこからもっと広いスペースに露店を移動するように言われたり……

とりあえず値段を一万テルスに変更して、客足はひとまずの落ち着きを見た。

一万テルスなんて家族四人の一か月の食費と変わらないくらいなのに、それでも大枚を叩いてポーションを買い求める人が多く、私はこの一週間でかなりの売り上げを叩き出したのだった。

「聖女の魔力に、こんな力が隠されていたなんて……」

ただ治癒魔法が使えるだけの魔力じゃなかったんだ。

すごいポーションを作れて、多くの人を癒すことができて、お金もそれなりに稼ぐことができた。

自分の価値をみんなに認めてもらえたような気がしてとても嬉しい。

そんなこんなで感触がよかったため、私は引き続きこの町でポーションを売ることにした。

一週間は宿屋にこもってポーション作りに専念し、数を揃えてからまた出店許可をもらいに行く。

「いつかは自分のお店とか持てたりするのかなぁ……」

そんな妄想をしながら、商業ギルドに向けて足を進めていると……

近道の小道に入ったところで、目の前に黒ずくめの人物が現れた。

「……？」

人がすれ違うのがやっとの道なので、私は端に寄って避けようとしたが、その人物は動かない。

まるで私の行く先を塞ぐかのように佇んでいる。

何か嫌な予感がした私は、すぐに踵を返して大通りに戻ろうとした。

だが……

「えっ？」

すぐ後ろにも同じような黒ずくめの人物がいて、いきなりふたりに口と腕を押さえられてしまった。

「んぐっ……！　んー！」

「おい、こいつだろ。例の秘薬作りの魔法薬師」

「あぁ、さっさと運んじまうぞ」

黒ずくめの男ふたりは短いやり取りののち、手際よく私の手脚を縛って口に手巾(しゅきん)を詰めてきた。

そのまま流れるように大きな麻袋を取り出して、その中に私を入れようとする。

まさか人攫(さら)い？　でもこんな町の真ん中で？

いくらなんでもリスクがありすぎるし、無理をしてまで狙うほどの価値なんて私には……

「悪いな、これからは俺らの指示で秘薬を作ってもらうぞ」

「あのとんでもねえポーションの出処(でどころ)を押さえちまえば、莫大な儲けは全部俺らのもんだ！」

「…………」

そうか、こいつらが目を付けたのは私ではなく、私が作るポーションだ。

ポーションが高値で売れていることを知って、その製作者である私を攫いに来たらしい。

そんな不届きな連中の言いなりになってたまるか！

逃げることも叫ぶことも叶わなかったが、私は暴れることで麻袋に詰められるのを凌いだ。

しかしやがて、痺れを切らした男が剣を抜き出す。

「おい、これ以上暴れるようなら容赦しねえぞ。どうせポーションで治るんだ、腕の一本くらい落としても問題ねえよな」

「……っ！」

思わず血の気が引いて、私は暴れることをやめてしまった。

こいつら、本気だ。

冗談なんかじゃなく、本気で腕の一本くらいは問題ないという目つきをしている。

あまりの恐怖心で身動きができなくなり、私はただ彼らに身を委ねることしかできなかった。

（誰か……誰か助けて！）

刹那――

「そこで何をしているのかな？」

「あっ？」

私の心の叫びを聞き届けてくれたかのように、ひとりの青年が私たちの前に現れた。

力強さと優しさを感じる黒い瞳に、そこに僅かに掛かるほどの黒髪。

透き通るような白肌にはシミのひとつもなく、顔立ちも大層整っている。

年の頃は二十代前半かそこらだろうか。

羽織(はお)っている青みがかったジュストコールや装飾品は上等なものに見えるが、本人は全体的に線が細く、肉付きはやや悪く見える。

それでも、例えようのない気迫みたいなものを感じた。

この人はいったい……

「見たところ人攫いのようだから、町の治安のためにも拘束させてもらうよ。大人しく投降(とうこう)するなら手荒にはしないけど」

人数的にも不利。体格的にも劣って見える。

それでどうしてこんなにも余裕そうにしているのか。

「なんだてめえ？　邪魔するってんならてめえも容赦しねえぞ」

「つーかここまで見られて、ただで返すわけねえだろ。てめえも一緒に来い」

「んー！　んー！」

黒ずくめのひとりが青年に近づいていき、私は思わず『逃げて！』と叫ぼうとした。

この黒髪の青年では、人攫いの彼らに敵(かな)うはずがないと思ったから。

しかし青年は……

「まだ病み上がりで本調子ではないんだけど、仕方ないね」

呆れたように肩をすくめて、サッと右手を構えた。

「【氷の薔薇(グラシエス・ローザ)】」

「――っ⁉」

刹那、彼の右手に青い魔法陣が浮かび上がり、中から〝氷の茨〟が放たれた。

凄まじい勢いで伸びたそれは、瞬く間に黒ずくめの男に絡みつく。

男の体は氷の茨によって凍結し、完全に身動きが取れなくなった。

驚異的なまでの魔法の操作精度。しかも使い手がほとんどいない氷魔法をこの次元で扱えるなんて。

「な、何者だ、てめえ……！」

「これでも多少は顔が知られていると自負していたけど、まだまだ威厳が足りないみたいだね。レグルス・レオ、と言えば伝わるかな？」

「レ、レグルスだと⁉」

男ふたりはその名前を知っているかのような反応を示す。

それどころかその名前を聞いて、ふたりは途端に声を震わせ始めた。

「ど、どうしてお前が、ここにいやがる……！」

「血染めの冷血王子は、目を失って療養中のはずだろ！」

「……っ？」

血染めの冷血王子って、確か……

アース王国の第一王子の異名だったはず。

世界で初めて黒魔力を発現させた規格外の魔術師。

敵国の兵士に慈悲はかけず、返り血に塗れたその姿からそんな異名が定着したとか。

「まあ、まだ正式に公表はされていないけど、こうして無事に目が回復したんだよ。で、その関係である人物を探しにこの町に来たんだけど……」

不意に冷血王子の視線が、私の方に向けられる。

瞬間、前髪の隙間から覗く美麗な黒い目に意識を吸い寄せられて、私は思わず放心した。

……綺麗。

「奇縁なことに、今まさに君たちが攫おうとしているその少女が、僕が探している人物と特徴が一致するんだ」

わ、私？

なんで王子様がわざわざ私のことを探しに来たんだろう？

「とにかくそういうわけだから、なおのこと、この場を見過ごすわけにはいかないんだ。彼女を解放してもらうよ」

「う、うるせえ！　そこから一歩でも動いてみろ、この女がどうなっても……」

残っている人攫いのひとりは、私に剣の先端を向けて怒号を飛ばした。

刹那、地面から氷の茨が飛び出す。

「なっ――!?」

不意なその攻撃に男は反応できず、手脚を絡め取られて氷漬けになった。

レグルス様は足でも魔法を発動させて、氷の茨を地中に走らせていたみたいだ。

そんな使い方までできるんだ。

「君たちはこのままここで、衛兵が来るのを大人しく待っているといい」

「わ、悪かった……！　もうその魔法薬師を狙うことはしねえ。衛兵のとこにも自分の足で向かって罪を自白する！」

「だから、この氷を今すぐに溶かしてくれ！　つ、冷たくて死にそうなんだ……！」

人攫いの男ふたりは首から下を完全に凍らされた状態で、寒さと冷たさに悶（もだ）えながら懇願する。

その必死な様子から、彼らが本気で苦しんでいることは伝わってきたが、レグルス様は冷ややかな目を向けながら興味が無さそうに返した。

「そう言われて、『はい、そうですか』って素直に拘束を解くはずがないだろ。ちょうどいいじゃないか。ふたりとも相当頭に血が上っていたみたいだし、体ごとじっくり冷やすといいさ」

咎人（とがにん）に慈悲はなし。まさに冷血王子の異名の通り無情さが垣間見えていた。

次いでレグルス様は、細めていた目を私の方に向ける。

先ほど人攫いの彼らに浴びせていたような冷ややかな視線を思い出し、ドクッと心臓が高鳴った。

けれどレグルス様は、私の口からそっと手巾を取り出して、縄を外してくれる。

「怪我はないかい？」

「は、はい、大丈夫です」

「というか、もし怪我をしていても、君は自分のポーションで治せるんだったね」

「私のことを、ご存じなんですか？」

「あぁ、先ほども言ったけど、僕は君に会いにこの町に来たんだ。でもまさか、攫われそうになっている場面に遭遇するとは思わなかったけど」

レグルス様は座り込む私と目線の高さを合わせながら、ふっと微かな笑みを浮かべる。

不意に見えた柔らかい表情に、私はびっくりして固まってしまった。

この人が私のことを探していたというのも驚きだけど、噂の冷血王子がこんな尊顔(そんがん)を見せるなんて。

ひょっとして言われているほど怖い人じゃないのかな……？

その時、大通りの方からガヤガヤと喧騒が聞こえてきた。

どうやら騒ぎを聞きつけて、町の人たちが集まってきたらしい。

「ここだと少し騒がしいね。この男たちを衛兵に任せた後、場所を移して話をさせてもらってもいいかな？　時間はそんなにとらせないから」

「は、はい……」

僅かに警戒心はあったけれど、さすがに助けてもらったお礼はしなければと思って、改めて話す機会を設けることにした。

あわや攫われてしまうところを王子様に助けてもらった後、私は一緒に静かなカフェに来た。その道中でも少し話を聞いたけど、王子様は秘薬作りの魔法薬師を探してコズミックの町に来たらしい。

家臣の人たちも町で私を探していたようで、今は馬車の停留所で待っているとのことだ。

いつの間にかそんな呼ばれ方をされていることに恥ずかしさを覚えていると、席についてすぐにレグルス様が言った。

「単刀直入に言わせてもらう。宮廷に来る気はないかい？」

「えっ？」

宮廷。

その言葉に少しだけ胸を刺される。

前にいた宮廷からは、ひどい追い出され方をしたものだから。

「宮廷薬師として君を迎え入れたいと思っているんだ。もちろん好待遇を約束するよ」

「ど、どうして私を……？」

「それだけ君のポーションは規格外の性質なんだ。千切れた手脚を再生する。失った部位を復元できる。奇跡を引き起こせる秘薬といっても過言じゃない」

次いでレグルス様は自分の目を押さえながら続ける。

「僕の目も、魔物との戦いによって完全に失われたはずだったんだ。でも君のポーションを飲んだら、この通り完璧に復元された。君のおかげで僕は、次期国王としてこの国の行く末を見届けることができる」

血染めの冷血王子が戦いで重傷を負ったというのは、噂で少し聞いたことがある。

その傷を私のポーションで治したってことか。

僅かにだけど私のポーションは行商人の手にも渡っているし、そこから仕入れたのだろう。

「だからその力を見込んで、是非君の魔法薬作りを宮廷側で援助させてもらおうと思ってね」

「援助、ですか……?」

「宮廷薬師とはいっても、窮屈に宮廷に縛りつけるわけじゃなく、基本は君の自由に活動してもらって構わない。何か要望があればこちらが最大限それを叶えるし、少なくない程度の給金も約束させてもらう。ただその代わりに、王国騎士団の方にも少し君のポーションを分けてもらいたいんだ」

「そ、それだけですか？」

ポーションを少し分けるだけで、そんな好待遇を受けてしまってもいいのだろうか？

至れり尽くせりで逆に怖いんですけど。

「どうやらまだ、自分の価値を正しく理解できていないみたいだね」

「そう、みたいです。自分のポーションに、本当にそれだけの価値があるなんて……」

「君がいるだけで救われる国民が大勢いる。手脚を失くして苦しんでいる人。一生ものの傷を背負って悩んでいる人。僕だって君に助けられたそのひとりだ。だから君の魔法薬作りを支援することは、実質この国のためにもなるんだよ」

そしてレグルス様は、運ばれてきた紅茶を一口啜(すす)って、一拍置いてから続けた。

「何より君、このままだったらまた人攫いか、君を利用しようとする悪党どもに狙われるだろ」

「うっ……！」

「だから宮廷薬師として君を迎え入れるのは、君を保護するためでもある。貴重なその力を守るために、是非宮廷に来てもらいたいって思っているんだ」

確かにあんな目に遭うのはもう御免だ。

だから保護してもらえて、しかも活動を支援してくれるというのならすごくありがたい。

それにアース王国の宮廷といえば、世界的に見ても絢爛豪華(けんらんごうか)な外観をしていると聞いたことがある。

根なし草の私なんかがそんな場所に雇ってもらえるなんて願ってもない話だ。

ただ、ひとつだけ懸念があった。

「あ、あの、宮廷入りの件は是非とも引き受けさせていただきたいんですけど、その前にひとつお願いをしてもよろしいですか？」

「んっ、何かな？」

「王子様の紹介で、上流階級の集まる社交界に参加させてもらえないかなと思いまして……」

「社交界？　それは別に構わないけれど、差し支えなければ理由を教えてもらえるかな？」

「私の実家はヴィーナス王国にあり、色々な事情があって経営難に陥っています。将来のことも見越して、良家との繋がりを作っておきたいと常々考えておりまして」

おそらく宮廷にはかなりの好待遇で招かれると思う。

少なくないほどの給金を約束してもらえたし、色々と要望も聞いてもらえるという。この方の話が本当なら。

しかしそれでも実家を助けられるほどの稼ぎではないだろう。

あの貧乏伯爵家を救うには、やはり良家の子息と良縁に恵まれて、長期的な経済支援を受ける必要がある。

そう思って王子の伝手（つて）で社交界に参加させてもらおうと考えたのだが……

「……ひとつ、聞いてもいいかい？」

「えっ？　は、はい、なんでしょうか？」

「君はどうして、魔法薬師としてポーションを作っているのかな？」

ポーションを作っている理由？

どうして今そんなことを尋ねてきたのか真意はわからないけど、レグルス様はすごく真剣な顔をしている。

それはもちろん生計を立てるためだけど、たぶんそういうことを聞きたいんじゃないだろうな。

お金のため、というのはあくまで大前提として、どうして魔法薬師という職業を選んだのか。

聖女という存在が無価値になり、婚約破棄されたことや隣国の宮廷を追い出されたことなどは明かしたくはないので、単純に気持ち的な理由を述べるとすると……

「誰かの傷を癒すような仕事に就きたい、と思ったからですかね」

「誰かの傷を癒す？」

「苦しんでいる人の傷を癒して感謝される。みんながみんな笑顔になって優しい気持ちに満たされる。そんな仕事に就きたいと思ったから、私は魔法薬師という道を選んだのです」

「………………」

偽りのない気持ちを明かすと、レグルス様は僅かに目を大きくして驚いたような様子を見せた。

こんな答えでよかったのだろうか？

果たして王子様はいったいどんな返答を期待していたのだろうかと疑問に思っていると、あまりにも唐突にレグルス様は衝撃的なことを言った。

「よしっ、僕と結婚しようか」

「……はっ？」

「アース王国の第一王子の僕が、君と婚約すれば実家の問題は解決だろ。わざわざ社交界に参加するまでもない」

王子と結婚……？

何かの冗談とかですか？

いや、レグルス様は至って真面目な顔をしている。

確かにそれが叶って実家を助けてもらえたら問題は解決しますけど……えっ、本気ですか？

「そ、そんなに勝手に決めてしまってよろしいのですか？　王族の婚姻、それも王位継承権を有する第一王子の婚姻ともなると、王国の行く末に直結するものになります。現国王の意向も伺っておりませんし……」

私は戸惑いながら、目の前の王子の顔色を窺って尋ねた。

「な、何より、レグルス様のお気持ちというのもあるではないですか。ですのであまり簡単に決めてしまうのは……」

「僕は一向に構わないと思っているよ。それに僕は魔法薬師としてだけではなく、ひとりの女性としても君自身に興味があるんだ」

「えぇ⁉」

女性として興味がある？

それってつまり……

「あの、間違っていたら申し訳ないんですけど、まるでレグルス様が私のことを、異性として気にしているように聞こえるのですが……」

「あぁ、そう言ったつもりだが」

「………………」

まさか血染めの冷血王子にそんなことを言われるなんて。

頭の中が疑問符で埋め尽くされてしまう。

王子様に興味を持ってもらう理由がまったく思い当たらないんですけど。

「僕は君のポーションに救われた。深い暗闇の中から救い出し、再び前を向かせてくれた。そんな恩人が可憐で心まで美しい女性ともなれば、興味が出てきたとしても不思議なことではないだろう？　そしてその人物が婚約者探しに困っているというのなら、力になりたいと思うのも当然なこと」

……か、可憐で美しいって。

恥ずかしいから、あまり過剰に褒めないでほしい。

こんな風にぐいぐいと迫られた経験がないため、緊張というか激しく戸惑ってしまう。

それに間接的に王子様のことを助けただけだから、好意的な感情を向けられているのも違和感を覚える。

本当にこの人は、私に興味を持ってくれているのだろうか……？

「ただまあ、実益的な理由も兼ねてはいるけどね」

「えっ？」

「君はおそらくじきに宮廷薬師として名を上げることになる。そうなれば君に興味を持った貴族たちが続々と婚約を迫ってくるだろう。その中に邪な思いを持つ者がいないとも限らないし、僕の婚約者にして完全に囲ってしまった方が何かと都合がいいと思ったんだ」

「な、なるほど」

宮廷薬師として名を上げた私から、不当に利益を奪おうという人物が現れないとも限らない。下手をすれば婚約者の立場で私の力を制限して、宮廷側に何かしらの条件を突きつける悪党まで出てくる可能性もある。

そういう不都合を無くすために、自分が婚約者になってしまえばいいという考えなのだろう。

「ひとりの女性として興味がある、と言ったそばから実益的な理由を話すなんて、印象が悪く映ってしまったかもしれないが……」

「い、いいえ、そんなことは」

むしろこの場面でそこまで話してくれたことに、逆に安心感が湧いてくる。

色々と正直に明かしてくれているのだなと。

それに……

「もちろん無理にとは言わないが、どうか前向きに考えてもらえないだろうか？　それとも、第一王子という地位だけでは不足かな？」

おもむろにレグルス様の手が差し伸べられる。

初めて会った時に見た黒い瞳は、大人びた艶がありながら純粋に澄んでいるようにも見えた。他人を騙すような人の目ではないと思う。

彼の手を少し見つめてから、私はゆっくりと手を取り返した。

この人なら、信用してもいいかもしれない。

私はレグルス様のことを信じて、新しい場所へと一歩を踏み出したのだった。

第二章　宮廷にご招待

「さあ、ここが今日から君が過ごす宮廷だよ」

「わぁぁ……！」

第一王子のレグルス様に誘われた私は、コズミックの町を出て王都にやってきた。

そしてさっそく町の奥にそびえる宮廷まで案内されて、その景色に思わず心を震わせる。

白と青を基調とした、まるで青空のように爽やかな印象を受ける外観。

庭園には豊かな緑と色彩溢れる花々が並んでいて、その景色が大きな宮廷の端まで広がっている。

その中を煌びやかな衣装を着た貴族や王国騎士たちが行き交い、この絵に一層の上品さを付け加えていた。

さすが世界でも指折りの美景に数えられるだけのことはある、アース王国の宮廷とその庭園。

ここが今日から私が過ごす場所かぁ。

「気に入ってもらえたかな？」

「はい！　お噂の通りすごく美しい宮廷で感動しました！」

本当に私なんかがここで暮らしてもいいのだろうかと、いまだに不安に思ってしまうほどに。

するとレグルス様は、そんな私の不安をかき消してくれるように、手を取って優しく導いてくれた。

「さっそく宮廷の中を案内するよ。改めてよろしくね、スピカ」

「はい、レグルス様」

伝えたばかりの名前も呼んでもらえて、私は嬉しい気持ちで宮廷に足を踏み入れたのだった。

今日から私、宮廷薬師として美しい宮廷での生活を始めます！

と、思いきや……

「申し訳ございませんが、すぐに宮廷にお通しすることはできません」

「あれっ？」

門番を務めている王国騎士さんに止められてしまいました。

なんで？　話が違うような……

そう思っていると、レグルス様が両手を合わせてお願いするような仕草を見せた。

「僕が秘薬の魔法薬師を探しに行くっていうのは、近衛（このえ）師団の方にも話を通してあっただろ。彼女がその噂の秘薬の魔法薬師なんだ。どうか通してあげてくれないかな？」

「たとえレグルス様のご紹介であっても、部外の者を簡単に通すわけにはいかないのです。大変ご無礼ではありますが、噂の秘薬作りの魔法薬師かどうか、確かめさせていただいてもよろしいでしょうか？」

まあ、それは確かに。

王族の住む宮廷に部外者は入れられない。

素性も不確かな私なら尚更だ。

それがたとえ第一王子様の紹介であっても容認はできないだろう。

万が一王族の暗殺を企てる者だった場合は、取り返しのつかないことになるから。

だから秘薬作りの魔法薬師であることをここで証明してくれ、ということらしい。

「すまないね、スピカ。僕の紹介ならすぐに通してあげられると思ったけど、さすがにそうはいかないみたいだ」

「まあ、それは仕方がないかと」

申し訳なさそうに言ったレグルス様は、次いで耳元に顔を寄せて囁いてきた。

「僕の婚約者だって言っても、まだ正式に公表はしていないからそれも無駄だと思う。手間をかけるけれど、近衛師団の騎士たちの前で実際にポーションを作って見せてくれないかな？」

「も、もも、もちろんです……！」

私としてもレグルス様の伝手だけで、こんな素敵な宮廷に入れてもらうなんて申し訳ないと思っていたからそれは構わないんだけど。

突然耳元で囁かないでください……！　びっくりして声が上擦ってしまったじゃないですか。

「思えば、僕も実際には君のポーション作りを見たことがなかったね。それでスピカのことを宮廷に誘ってしまうなんて、僕も相当気が急いていたみたいだ」

そういえばそうだったと私も遅まきながら気が付く。

レグルス様は噂に聞いていた特徴だけで私を秘薬の魔法薬師と断定した。

秘薬の魔法薬師として攫われそうになっているところを目撃したとはいっても、実際にポーション作りを見てもらったわけじゃない。

「スピカの力を欲しがる人間は多くいると思ってね、他の誰かの手に渡ってしまうかもしれないと焦ってしまったんだ。それでそんな初歩的な確認も忘れてしまうとは。よければ僕にも君のポーション作りを見せてもらえないかな？」

「は、はい」

レグルス様に促された私は、両手で持っていたカバンを下ろして頷きを返した。

「では、改めてお見せします。とはいっても、他の魔法薬師と一緒で普通の作り方ですけど」

まずはカバンの中を確認する。

エメラルドハーブ。スターリーフ。瓶詰めされた綺麗な水。

それと乳鉢と乳棒。小さな釜。火にかける用の台座。神木で作られた木ベラ。

素材と道具はきっちり揃っている。

近衛師団の王国騎士さんも興味深そうに見守っている中、私は緊張感に包まれながらもポーション作りに取りかかった。

「まずは……」

乳鉢にスターリーフを入れて、乳棒でコリコリと潰していく。

細かく潰れて爽やかな香りが立ち上り始めたら、次に調合釜を用意する。

そこにエメラルドハーブと綺麗な水、それと潰したスターリーフを入れて火にかける。

ちなみに火に関しては、私が魔法で着火を行っている。

私の白魔力でも、微弱だが炎魔法を使うことはできるので、それを火種にしている。

「んっ？　そこで何やってるんだ？」

「なんかポーション作ってるらしいぞ」

どうやら他の王国騎士さんたちが宮廷に帰ってきたらしく、私のポーション作りを見て足を止めていく。

何やら周囲が騒がしくなってきたが、私は平静を保って作業を続けた。

木ベラで釜の中身をぐるぐるとかき混ぜながら、魔力を注入していく。

充分に煮立ったら、その液体を濾して大きめの瓶に入れて、氷を入れた器にその瓶を入れる。

氷に塩をまぶして瓶をくるくると回転させると、中身を早く冷ますことができるのだ。

これはコズミックの町にいた時に知った、時短豆知識。ちなみに氷も魔法でなんとか搾り出した。

中身がしっかりと冷えたことを確かめると、小瓶に移し替えてそれを近衛騎士さんに見せた。

「はい、完成しました」

十人ほどの騎士さんたちに見守られる中、私はなんとかお手製のポーションを完成させることができたのだった。

「本当に普通のポーションの作り方だったね。てっきり何かしら特別なことをしていると思っていたんだけど」

レグルス様は私のポーション作りを見て意外そうな表情をしている。

同様に他の騎士たちも訝しげな顔を見合わせていた。

「これが本当に、噂の秘薬か？」

「普通のポーションにしか見えないが……」

そう思われてしまうのも無理はない。

実際、私だって最初は他の魔法薬師に倣って普通にポーションを作っただけだし。

それであんな規格外の効果が宿るなんて思ってもみなかった。

でもこれでちゃんと完成している。

みんなが期待している奇跡を引き起こす秘薬は。

「アンセル、ちょっといいか？」

「は、はいぃ！」

近衛騎士さんはひとりの金髪騎士さんを呼び出す。

どことなく小鹿を思わせるような、ビクついている青年騎士。

私と同い年くらいだろうか、前髪が長くて目元を半分まで覆っている。

「アンセル、確か額に大きな傷があったよな。ポーションでも治らないって」

「は、はいぃ。幼い頃、魔物に襲われたことがあって、その時に深傷(ふかで)を負ってしまって……」

チラッと前髪を上げてその傷を見せてくれる。

まるで太い刃で切り裂かれたかのような、十字の深い傷。

傷口は確かに塞がっているが、痕(あと)がくっきりと残ってしまっている。

これではポーションで治すのは無理だろう。

なるほど、それで前髪を長く伸ばして傷を隠しているってことか。

「噂の奇跡の秘薬なら、千切れた腕も元に戻せるし、一生ものの傷も完治させることができるのだろう？　このアンセルに飲ませてみてもよろしいか？」

「はい、是非そうしてください」

検証のために金髪騎士君は呼ばれたらしく、私は出来立てのポーションを彼に渡した。

アンセルはひどく怯えた様子で私からポーションを受け取る。

よくこれで王国騎士になれたなぁ、なんて人知れず思っていると、アンセルは意を決したようにポーションを煽った。

他の王国騎士さんたちが見守る中、アンセルの喉がゴクゴクと音を鳴らす。

そして小瓶の中身をすべて飲み干すと……

「お、おぉ……！」

アンセルは額に違和感を覚えたのか、前髪の上からペタペタと触って確かめた。

それをみんなにも見せるように、前髪をゆっくりと上げてくれる。

すると、そこにあったはずの傷が……綺麗さっぱり消えていた。

「な、治ってる⁉」

「アンセルのあの傷が、ポーションを飲んだだけで……！」

王国騎士さんたちは口をあんぐりと開けて驚愕を示す。

確かに一生もののあの傷がポーションで治るなんて普通は思わないよね。

アンセルも驚いた様子でこちらを向いたので、私は微笑んで声をかけた。

「もう前髪を伸ばしておく必要はありませんね。これからはその綺麗な額を、みんなの前で存分に出しちゃってください」

「……は、はいぃ！」

アンセルは変わらずおどおどした様子で、ぺこりと頭を下げて持ち場に戻っていった。

それを見届けると、今度はレグルス様が近衛騎士に言う。

「これでスピカが秘薬の魔法薬師であることは証明できたかな？　どうか彼女の宮廷入りを認めてあげてほしい」

「は、はい……。無礼な要求をしてしまい、大変申し訳ございませんでした。秘薬の魔法薬師のその才腕、深く感服いたしました」

「い、いえ」

当然の確認を行っただけなので、無礼なんて思っていない。

私もこれでみんなに信用してもらえて、気持ちよく宮廷に入ることができるんだから。

「それにしても、本当にスピカのポーションはすごいね。あんな複雑な古傷まで綺麗に治してしまうんだから」

「私も自分のポーションで大きな傷が治るところは初めて見ました」

あれだけ綺麗に治るなんて、我ながら驚きである。

こうして改めて自分のポーションの回復力を確かめることができたので、私としてもいい経験だった。

「ところで、どうしてスピカのポーションだけこのような特別な力が宿っているんだろう？特別な製法というわけでもないのに」

「あぁ、それは……」

言いかけて、私はふと口を止めて考える。

その理由は概ね予想がついているけれど、それを説明するには聖女のことを明かす必要があるんだよね。

まあ、別に話しても大丈夫か。

こうして宮廷にお世話になるわけだし、素性は明らかにしておいた方がいいと思うから。

「まだ確証はないんですけど、おそらく私が〝聖女〟だからだと思います」

「「「聖女⁉」」」

驚きを示したのは、周りにいた王国騎士のみんなだった。

「聖女といえば、確かヴィーナス王国の……」

「向こうの宮廷で治癒活動をしている、白魔力を持った令嬢のことか？」

どうやら私のことは、ある程度はこの国にも知られているらしい。

まあ、すぐお隣の国のことだし、聖女の話が伝わっていても不思議じゃないか。

となると、強制解雇と婚約破棄をされたということも、じきにこの国に知れ渡るかな。

「どうして隣国の聖女がここに？」

「そ、それはちょっと、話すと長くなってしまうんですけど……」

ポーション技術の発展でお払い箱になりました！　なんて自分の口からは言いたくないなぁ。

おまけに婚約も破棄されているし、自然に噂が流れてくるまでこのことは黙っておくことにしよう。

「とにかく私は聖女として、白魔力をこの身に宿しているんです。唯一治癒魔法を扱うことができる魔力で、それをポーションを作る際に注入しているから、このような効果が現れているんじゃないかなって考えているんですけど」

改めてそう説明すると、レグルス様は納得したように頷いた。

「なるほど、白魔力によるポーション精製か。それなら確かに未知の効果が宿っても不思議ではないね。白魔力でポーションを作った人は、今までひとりもいないだろうし」

白魔力――通称『聖女の魔力』でポーションを作ったのは、たぶん歴史上でも私が初めて。

そもそもポーション技術がここまで発展したのはここ最近の話だ。

だからみんながこの可能性に気が付けなかったのも無理がないということである。

「聖女が作る特別な秘薬……差し詰め『聖女の秘薬』と言ったところか」

「彼女が宮廷入りするということは、この秘薬が王国騎士団に常備されるということか⁉」

「今後の任務の成功率や、騎士たちの生存率が飛躍的に向上するぞ！」

なんだか周りの王国騎士さんたちがざわざわし始めて、所々で歓喜した様子で手を打ちつけ合ったり肩を組んだりしていた。

アース王国の王国騎士団といえば、世界的に見ても実力派で、高い統率力もある。

だから寡黙な印象がすごく強かったけど、意外にも賑やかな一面もあるんだ。

その様子に少し面食らっていると、レグルス様が私の手を取って微笑んだ。

「じゃあ宮廷への立ち入りも許可されたところで、改めて中を案内させてもらうよ。父上にもスピカのことを紹介して、正式に宮廷薬師として認めてもらいたいからね」

「はい、お願いいたします」

突発的に投げかけられた要求に無事に応えて、私は改めて宮廷に入ったのだった。

ひと通り宮廷を見て回り、私は優雅な景色を堪能した。

目移りしてキョロキョロしまくっていたせいか、少し周りの騎士たちからは怪訝(けげん)な視線を向けられたけど。

そしてレグルス様のお父様……ゾスマ国王様にも挨拶をさせてもらった。

「父上、彼女が噂の魔法薬師のスピカです。彼女を宮廷薬師として迎え入れることを、改めて認めていただきたく存じます」

ゾスマ陛下は灰色の髪に口髭を蓄えた初老に差しかかった人物だった。

執務室はダークブラウンを基調としたシックな木造りで、金の装飾が施された執務机の上には書類の山が築かれている。

香でも焚いているのか、シナモンに近い甘い香りが微かに漂っている。

どこか大人っぽい雰囲気を感じさせるその部屋で、ゾスマ陛下は難しい顔をしながら静かに黙り込んでいた。

物音を立てるのも憚(はばか)られる雰囲気。部屋に立ち入ることすら怖いと思ってしまう。

けど……

「お、お初にお目に掛かります。魔法薬師のスピカと申します」

「あぁ、君が例の……」

緊張しながら挨拶をすると、ゾスマ陛下は難しい顔を優しく綻ばせた。

「此度は息子の目を治していただき感謝する」

「い、いえそんな……」

「これにはまだやってもらわねばならぬことが山積している。目が使えんようではやはり不便なことが多かったからな、こうして快気させてもらえて非常に助かるよ」

国王様から直々にお礼の言葉を頂戴するなんて。

それに思っていたような怖い人じゃなくて意外だった。

「是非今後も、王国騎士団のため、国民たちのためにその力を貸していただきたい」

「はい、私なんかの力でよければ」

というわけで、正式に宮廷薬師として採用されることになりました。


そしてゾスマ陛下との緊張の対面を終えた後、私は部屋に案内してもらった。

王族が私生活を送る内廷部分の一室に、私も寝室を与えてもらえるらしい。

「い、いいんでしょうか？　いきなり宮廷に住まわせてもらって」

レグルス様の先導に従いながら、私は今さらのことを問いかける。

ヴィーナス王国にいた時も、宮廷に部屋を宛てがわれていた。

でもあの時は『聖女』として宮廷に住まわせてもらっていたわけで、ここでは今のところ私はただの宮廷薬師。

宮廷に務める職人などは、基本的に町の方に住居を持っていることが多いので、私もそういう運びになるかと思ったんだけど……

「またスピカを危険な目に遭わせてしまうわけにはいかないからね。私生活の方もできれば宮廷の中で送ってもらいたいんだ。ここにいれば確実に安全だし」

安全な宮廷に囲っていたい、とは言われたけれど、まさか本当に生活の方まで面倒を見てもらえるなんて。

至れり尽くせりでいつか罰が当たりそうだ。

「それとも、政務官が使っている官舎や、王国騎士団の宿舎の方がよかったかな？　なんだったら町に一軒家でも建てて……」

「い、いえいえいえ！　是非宮廷に住まわせていただけたらと思います！」

さらっととんでもないことを言い始めたよ、この王子様。

私のためにそこまでしてくれなくてもいいのに。

それに別に、宮廷が嫌というわけではない。

むしろこんな素敵な場所に住める機会なんてないのでこちらからお願いしたいくらいだ。

でもやっぱり展開が急すぎて状況を上手く呑み込めていないんですよ。

これでも私、貧乏伯爵家の生まれの貧乏娘なもので。

聖女として宮廷に迎えられる五歳までは、相当貧しい思いをして過ごしてきましたから。

向こうの宮廷にいた時も、そこまで特別待遇を受けていたわけじゃないし。

そんな私がアース王国の宮廷の景色に混ざっていいのかと、不安に思ってしまうのも仕方がないでしょ？

というか、『官舎や宿舎の方がよかったかな？』と聞いてくるレグルス様の顔が、心なしか寂しそうに見えた。

そのこともあってつい了承してしまったけれど、私に宮廷にいてほしかったってことでいいんだよね？

その寂しげな顔を、レグルス様は綻ばせる。

「僕もなるべく近くで君を見守りたいと思っているから、宮廷に住んでくれると嬉しいよ。何より君は僕の婚約者なんだから、自分の家のように宮廷で過ごしてほしい」

「…………」

そういえばそうでした。

私はレグルス様の婚約者なのだ。

改めてそう言われると頬が熱くなる。

それにいまだにほとんど実感が湧かない。

本当に私が、あの血染めの冷血王子であり、現代最強の魔術師と噂されるほどのレグルス様と……。

「近々、父上にも正式にこの話をするつもりだから、その時はまた改めてふたりで話をしに行こう。ある程度は自由に婚約者を探していいと言われているし、きっと父上も認めてくださるはずだ」

やっぱり現実感がまったくないなぁ、と私は人知れず思ったのだった。

そして寝室に案内してもらい、次に私はポーション作りのための研究室へ連れていかれた。

暮らす部屋とポーション作りの部屋は別々で用意してもらえるらしい。

具体的には、政務や謁見などを行う宮廷の執務スペースの一角に、ポーション作りのための研究室を設けてくれるとのことだ。

あっ、寝室はものすごく広くて綺麗でした。

「さあっ、ここがスピカの研究室だよ」

案内された研究室は、魔道具製作でもするようなアトリエっぽい部屋だった。

しかも中には、すでに調合釜や木ベラも置いてあり、かまども完備されている。

「ここは元々、どのような部屋として使われていたのでしょうか？」

「宮廷魔道具師たちが魔道具の研究と製造を行っていた研究室だよ。研究の規模が少し大きくなって、ここだと手狭になったから、今では町の方の大きな工房に移ってこの研究室は使わなくなったんだ」

どうりで魔道具工房っぽい雰囲気があるわけだ。

でも、ポーション作りに必須の調合釜や木べラまで置かれているのはどうして？

「元々ポーション作りのために魔法薬師を招こうと思っていたからね。ある程度は道具が揃っているんだよ」

「そういうことだったんですか」

これなら今日からでもポーション製作に取り掛かることができそうだ。

私が持参した道具よりいいものが揃っているし、今から使うのが楽しみである。

「それと近くの庭には小さいながらも畑がある。そこで気が向いたらハーブでも作るといいよ」

「ハーブ栽培……！」

熟練の魔法薬師たちの多くは、自前のハーブ畑を持っていると聞く。

やはりハーブの品質によってもポーションの治癒効果に差は生まれるらしいので、自作で高品質のハーブを作っている魔法薬師が多いのだとか。

私の場合は、王国騎士さんたちが物資調達の際に素材も仕入れてきてくれるみたいだけど、確かに自分でできることは最低限した方がいいよね。

いつでも高品質のハーブが手に入るわけじゃないし、それに少し面白そうだし。

宮廷には図書館もあるみたいなので、そこで詳しい栽培方法も学びつつハーブを育ててみよう。

と、その時私は、重要なことを聞き忘れていたのを思い出した。

「レグルス様、私は一日にどのくらいのポーションを作ればよろしいのでしょうか？」

ようはノルマの話である。

宮廷薬師として雇ってもらうからには、一定数のポーションを騎士団に納品する必要がある。

その具体的な数を聞いていなかったので、改めてそれを尋ねてみたんだけど……

「スピカは一日、無理をしない範囲でどれくらいポーションを作れるのかな？」

「えっと、そうですね、最近はまた魔力が向上してきたので……おおよそ二十から三十程度でしょうか？」

「それじゃあ、王国騎士団の方には一日五個だけ納品してもらおうかな。それ以外のポーションはスピカの自由にしてくれ。で、その納品数さえ守ってくれたら、基本的には好きなように過ごしてもらって構わないよ。好きな時に仕事を始めて、好きな時に休んでくれても」

「………………」

なんですかその超優良の勤務条件は？

納品数さえ守れば、好きな時に仕事を始めて好きな時に休んでいい？

そこまで伸び伸びさせてもらってもいいんだろうか？

それに一日五個だけって、割とすぐに作り終わっちゃう数じゃん。

本当にそれだけの納品数で、宮廷でここまでの好待遇を受けてもいいんでしょうか？

恵まれすぎていて罪悪感すら湧いてきました。

「あっ、でも、ひとりで不用意に宮廷の外に行くのは控えてもらいたいかな。もし町に買い物に行きたかったり、作ったポーションを売りに行きたいっていうなら、僕か僕の従者が必ず付いていくから、忘れずに声を掛けてほしい。これだけは約束してくれ」

「は、はい」

真剣な表情でそう言ったレグルス様は、私の返事を聞くなり『よしっ』と再び微笑んだ。

過保護な王子様だと思った。


今日から初出勤です。

といっても、宮廷の自室で起きて宮廷の研究室に行くだけなので、出勤という感覚はあまりありません。

というか与えられた部屋が豪華すぎて、まったく自分の部屋という実感が湧かないんですけど。

白を基調とした清潔感溢れる部屋。

羽毛や絹がふんだんに使われたフッカフカの天蓋付きベッドに、人を包み込むような柔らかさの上品なソファも置かれている。

猫脚のテーブルや椅子には手の込んだ彫刻が施されており、箒(ほうき)を伸ばしても届きそうにない高い天井からは豪華なシャンデリアが吊るされている。

ここ、ただの個室のはずですよね？　実家の屋敷のリビングと変わらないくらいの大きさと絢爛さなんですけど。

「朝食をお持ちしました」

軽く身支度を整えると、そのタイミングで使用人さんが朝食を運んできてくれた。

甘い香りを放つ焼きたてのクロワッサン。見事な仕上がりの綻び一つない艶肌のオムレツ。瑞々しい旬の野菜のサラダに、滅多に手に入らない高級フルーツまで。

「お飲み物はコーヒーとハーブティー、どちらになさいますか？」

「コ、コーヒーで」

そう答えると、使用人さんは「かしこまりました」と言ってハンドミルで豆を挽き始めた。

コリコリと心地よい音と挽きたての豆の香りに包まれながら、私は呆然と朝食の載ったテーブルを眺める。

なんか、めちゃくちゃ豪華なんですけど。

メニューは割と平凡ではあるけど、料理の仕上がりや素材の品質が桁違いにいい。

かなり腕のいい料理人と、良質な素材の仕入れ先を抱えているのだろう。

聖女時代も宮廷で生活をしていたけれど、食事の豪華さはこちらの方が圧倒的に上だ。

「お待たせいたしました。ごゆっくりお召し上がりくださいませ」

「……いただきます」

まずはクロワッサンから。

サクッ、と軽い食感と共に、甘い空気が生地の隙間から溢れ出てくる。

次いでオムレツも一口食べると、クリーミーでとろけるような舌触りの後、優しいミルクの風味がじんわりと広がる。

コク深いコーヒーもこれらの朝食にとてもマッチしていて、高級なホテルにでも来たような感覚だ。

部屋の広さと美しさも格別。窓から見える中庭の景色も最高。

そんな中で、こんなに美味しい朝食を毎朝食べられるなんて……

「……宮廷薬師、万歳」

これなら朝が弱い私でも、寝覚めも億劫にならず、飛魚のような勢いで毎朝ベッドから起き上がれそうである。

さて、幸せな朝食の後は、いよいよポーション作り。

与えられた研究室に行き、王国騎士団のためのポーションを製作していく。

「さあ、始めますか」

私は用意された素材と道具を確認し、さっそく作業に取り掛かる。

一日の仕事量も昨日決めてもらったし、ちゃんとそれが達成できるように頑張っていこう。

まあ、定められた勤務時間はないから、基本的にはゆっくりできるんだけどね。

好きな時にポーションを作って、好きな時に体を休めることができる。

しかも職場の宮廷は世界的に見ても指折りの美しさだし、改めて考えると恵まれた職場だよねぇ。

そんなことを思いながらテキパキと作業を進めていく。

これだけ大きな釜なら、一度に十個分はポーションを作れるだろうか。

でも失敗するのが怖いので、まずはノルマの五個分の素材を用意することにした。

スターリーフを乳鉢でゴリゴリと潰して、必要な量を半ペースト状にしたら釜に入れる。

次いでエメラルドハーブと水もきちんと五個分になるように量って、釜に投入。

かまどに火をつけて、釜の中身を木ベラでかき混ぜながらぐらぐらと煮立たせる。

「この量になると、さすがに少し時間が掛かるなぁ」

熱が全体に行き渡って煮立つまで、それなりに時間を要する。

それと魔力の方も五個分を注ぎ込まなければいけないから。

ただそれも、僅か三十分ほどで終わり、本日のノルマを達成してしまった。

「もう、終わり……？」

あまりに楽チンすぎて、なんか悪いことをしているような気さえしてくるんですけど。

ここから完全に自由時間です。

遊ぼうが寝ようが散歩しようが思いのまま。

まあ、さすがに時間も魔力もだいぶ余っているので、引き続きポーションを作ることにした。

自分で売りに行く用のポーションを、今から少しずつでも蓄えていくとしよう。

「調子はどう？　スピカ」

「あっ、レグルス様」

のんびりと作業を進めて二時間ほど経った頃、レグルス様が研究室までやってきた。

彼は卓上に並べられたたくさんのポーションを見て、僅かに目を丸くする。

「こんなに作ってたんだ。魔力の方は大丈夫？　無理してないかな？」

「いつもこれくらい作っているので大丈夫ですよ」

本当に過保護なんですから。

ノルマもたった五個しか指定してこないし。

本当ならもっと多くてもいいくらいなんだけど、レグルス様は私に無理をさせたくないみたいだ。

「じゃあ今日の納品物、もらっていってもいいかな？」

「はい、どうぞ」

　レグルス様は二十個ほどのポーションの中から五個だけを手に取り、それを持って研究室を後にしようとする。

「残りのポーションはどうする？　もし町に売りに行くなら、僕が付き添うけど……」

「いえ、まとまった数が出来てから売りに行こうと思います」

「そっか。じゃあ何かあれば、僕は執務室の方にいるからいつでも声を掛けて」

　次いで彼は、右手を控えめに上げて小さく振りながら言った。

「それじゃあ、今日はお疲れ様、スピカ。また明日もよろしくね」

「はい！」

　ガチャッと扉を閉め、レグルス様は研究室を後にする。

　手を振るレグルス様は、いつもと雰囲気が少し違って、なんだか可愛らしく見えました。

　と、納品も済ませて、魔力もそこそこ消費したので、完全に今日の仕事が終わってしまった。

　まだ午前中だというのに。

「午後はどうしようかなぁ……」

　図書館でハーブ栽培のための勉強でもしようか。それとも宮廷の中を散策でもしてみようか。

　いずれにしても、なんとも自由気ままな生活である。

　これが宮廷薬師となった、私ののんびりとした一日です。

第三章　ちゃんと好き

正式に宮廷薬師になってから三日。

私はレグルス様が言った通り、宮廷で伸び伸びとポーションを作らせてもらっていた。

恵まれすぎている環境に、やはりいまだに違和感を拭えないけれど、毎日コツコツと王国騎士団のポーションを作っております。

そして本日、いつもと少し違う状況が訪れた。

「今日は僕の従者のベガに、君の警護を任せるから」

「はいっ？」

朝。

研究室に着いて本日分のポーションを作ろうと思ったら、レグルス様が訪ねてきた。

そして彼の隣には、微かに見覚えのある青髪の少年が立っている。

「初めまして、スピカ様。レグルス様の元で修行をさせていただいている、従騎士のベガと申します」

「は、初めまして」

後ろで細く結ばれた青髪に、少し可愛らしさを感じる中性的な童顔。

くりっとつぶらな碧眼は曇りひとつなく、全体的にシルエットは細めである。

宮廷に来てから三日、たまにこの少年を宮廷内で見かけることがあった。

まだ若いのにいったいどんな仕事をしているのだろうかと気になっていたが、まさかレグルス様の従者だったとは。

従騎士ということは、レグルス様の身の回りの世話をしているということだよね。

第一王子の彼の世話係になれる人物。十中八九、侯爵家以上の出自に違いない。

確かに若い見た目とは裏腹に、彼からは威厳のようなものを感じるし。

「僕は今日、王国騎士団の師団長として話し合いに参加しなきゃいけないから、宮廷にはいないんだ。帰ってくるのは夜遅くになると思う。だからその間の警護や付き添いはベガに任せることにしたんだ」

「なるほど……」

レグルス様は魔占領域の開拓を担当する、王国騎士団の第一師団の師団長を務めている。

ただでさえ第一王子として忙しい身でありながら、師団長の職務もこなす以上、宮廷を留守にする日があるのも当然だ。

「たぶんまた同じような日があるから、その時もベガに警護を任せようと思っている。本当だったら、僕がこの目でスピカのことを見守っていたいんだけど、さすがにずっとそうはいかなくてね」

「い、いいえ、それは仕方がないことかと」

第一師団は特に多忙な師団だと聞くし。

何よりこの人は、現代最強と噂されるほどの指折りの魔術師なんだ。

王国騎士団では頼りにされるばかりか、精鋭揃いの第一師団でも心臓と言われているほどの
この人を、私なんかが独占してはいけない。

「でも安心して。ベガはまだ若いけど、この子の実力は確かだよ。将来は確実に師団長級の強
さになると僕は見ている」

「もったいないお言葉です」

レグルス様がそこまで言うなんて、かなり期待されている従騎士のようだ。

今日までレグルス様と過ごしてきて、彼が嘘を言う性格ではないというのはわかった。

どこまでも真っ直ぐで正直な人で、そんな彼が自信を持って言うなら間違いあるまい。

「それじゃあ、ふたりとも仲良くね。なるべく早めに帰ってくるようにするから」

レグルス様はそう言うと、足早に研究室を後にした。

いつも落ち着いている彼が、かなり急いでいる様子だったので、その忙しさが窺える。

残された私は、やや緊張しながら従騎士君の方を見て、改めて挨拶をした。

「あ、あの、宮廷薬師のスピカです。よろしくお願いします。なんてお呼びしたら……？」

「お好きなようにお呼びください。それと敬語も不要です。私は従騎士としてレグルス様の命

に従っていますので、この際爵位は関係ありませんから」

「……じゃあ、ベガ君で」

というわけで今日は、従騎士のベガ君と一緒に過ごすことになりました。

ベガ君に見守られながら、ポーションを作ること一時間。

誰かに見られているからといって、手元が狂うということはあまりないはずなんですが……

思うようにポーション作りが捗らず、いまだに五個分のポーションしか出来ていませんでした。

いや、それも仕方がないといえる。

だって……

なんか、すっごい見られてるんですけど⁉

ベガ君は研究室の壁の方に立って、私のことをじっと見つめている。

視線を逸らすこともなく、きっちりとした姿勢を貫いて、ただ一心にこちらを見据えている。

何これ？　なんでこんなに見てくるの？

ポーション製作を見るのが初めてだから、興味津々なだけ？

それともレグルス様からしっかり警護してと言われたから、忠実に守っているだけなんだろうか？

だったら別に窓の外とか研究室の中とか、テキトーに見てていいんですよ？

私ならどこにも行きませんから。

なんなら部屋から出て外で待っててくれてもいいのに。

どうしてここまで徹底して私のことを見ているのだろうか？

これじゃあ警護じゃなくてただの監視だよ。

本当は私がちゃんと仕事をしているかどうか、見張りに来たってことじゃないよね？

いや、それも違うか。

だってベガ君は、私の手元ではなく、私自身のことをじっと見ているからだ。

ついに耐え切れなくなった私は、作業をしながら気まずい思いでベガ君に問いかけた。

「…………あ、あの、私の顔に何か付いてるかな？」

「……いえ」

ベガ君は控えめにかぶりを振る。

その際も私からは一切視線を逸らさず、曇りなき眼でこちらを凝視していた。

「じゃあもしかして、私が何かベガ君の気に障るようなことでもしちゃったかな？」

「……いえ」

再びかぶりを振って否定を示す。

えぇ、じゃあなんでこんなに見つめてくるんですか。

別に、邪な思いがあるようには見えないから、不快な視線というわけではないけど。

むしろ逆に、その綺麗な碧眼に一片の曇りもないから、なんだか自分が悪いことでもしてしまったんじゃないかなって、そんな気分になってくるんですよ。

その純粋な瞳の奥で、いったい何を考えているのか……

「……不躾に見てしまい、申し訳ございません」

「えっ？」

「少しスピカ様のことが、気になっていたものですから」

気になっていた？

えっ、それってどういう意味で？

捉え方によっては誤解でも招きそうな台詞だけど、べガ君からはそういった類の熱は感じられない。

となると、純粋に人として、私のことが気になっていたってことかな？

「単刀直入に、聞かせていただいてもよろしいですか？」

「えっ？　う、うん。なんなりと」

不意にこの場に、妙な緊張感が生まれる。

べガ君の瞳が少し細められたような気がして、いったい何を聞かれるのか私は冷や汗を滲ませた。

すると彼は、私が思ってもいなかったような問いかけをしてきた。

「レグルス様はスピカ様のことを、女性として強く意識しております。では、スピカ様自身はレグルス様のことをどう思っているのですか？」

「えっ？」

私が、どう思っているか……？

私はポーション製作の手を止める。

べガ君は、主人を心配するような表情になり、真剣な声音で続けた。

「レグルス様はスピカ様のことを好意的に見ていると、コズミックの町から帰ってきた当日にお教えくださいました。そして正式な発表はまだですが、婚約を誓い合う関係になったとも、嬉しそうにお話しになりました」

そっか、べガ君には話したんだ。

ていうか嬉しそうに話していたって、その話を聞いた私がなんだか嬉しくなってくる。

私たちが婚約を誓ったことは、まだ正式に発表はされていない。

じきに然るべき場所とタイミングで、国民たちに公表するとレグルス様は仰った。

それでもべガ君には話していて、私に好意を抱いていることも明かしているということは、彼らの間には絶大な信頼関係が築かれているという証拠である。

そんなべガ君が私に対して、怪訝な視線を向けてきた。

「レグルス様は私の目から見ても、スピカ様のことを異性として意識……というより、確実に好意を抱いていると思います。ですが、スピカ様の方から好意的な信号は、まるで窺えませんでした」

「…………」

「ですからスピカ様が、レグルス様のことをどう思っていらっしゃるのか、そしてどのような人物なのか、私はずっと気になって観察していたのです」

私の方から好意的な信号が、まったくなかった。

改めてそう言われて、そういえばそうだと気付かされてしまう。

確かにレグルス様に婚約話を持ちかけられた時、私は了承をしただけで気持ちまで伝えはしなかった。

それからも私は、ただ一方的にレグルス様の優しさを受け取るばかり。

傍（はた）から見ていたら、確かに私はレグルス様のことをどう思っているのかわかりづらかっただろう。

「レグルス様には、絶対に幸せになってもらいたいのです」

ベガ君は、どこか寂しげな顔をして言う。

「レグルス様は、傲慢（ごうまん）で愚かだった私を、正しい道に進ませてくれた恩人なのです。魔術師としての才能も随一で、地位に寄りかかることなく誰にでも優しく、私が目標としている憧れの存在です」

いったい過去にどのようなことがあったのか、それは定かではない。

けどベガ君の語る様子から、レグルス様に対する並々ならない忠誠心を感じた。

「ですから、もしあなたがレグルス様の好意を利用して、今の立場を獲得しているのなら、いつかレグルス様のことを悲しませてしまうのではないかと思いました」

「それで、私がどういう人間か気になって、観察してたってこと？」

「……はい」

ベガ君は申し訳なさそうに、弱々しく頷いた。

私を疑ってしまったことに罪悪感を覚えているのだろう。

それも無理はない。

尊敬するレグルス様に突然婚約者ができて、その相手がどこの馬の骨とも知らぬ魔法薬師なら、疑心は当然のものだろう。

「もし邪心を持ってレグルス様に近づいているようなら、従者としておふたりを離れさせることもやぶさかではないと思っていました。しかしスピカ様が悪意を持っている人物にも見えず、かといってレグルス様のことをどうお考えになっているのかも、よくわからなくて……」

それで単刀直入に私に聞いてきたわけか。

私はレグルス様のことをどう思っているのだろう？

アース王国の第一王子、現代最強の魔術師……としてではなく、ひとりの男性として。

私自身、その答えはわからない。

それについて考えたことがない、というよりも、無意識に深く考えないようにしていた。

だからベガ君に尋ねられて、改めて考えてみる。

「…………」

レグルス様は、私のことを助けてくれた。

人攫いに遭って、怖い思いをして、なのに圧倒的な力で劇的に救い出してくれた。

それからもすごく優しくて、色々なことを素直に褒めてくれ、実家のために婚約まで結んでくれた。

婚約を破棄されて自信を失くしていたけど、ポーションの価値と私の力を認めてくれて、すごく大切にしてくれる。

最初こそ、血染めの冷血王子と呼ばれているあの人を警戒してしまってはいたが、実際のレグルス様は冷血とは正反対に人情に溢れていて温かみのある人物だった。

強くて、優しくて、かっこよくて、自分に対して好意的な感情を向けてくれている王子様。

婚約に関して、実家の助けになればどんな人が相手でもいいと思っていたけど、今ではレグルス様が婚約者になってくれて安心している自分がいる。

あぁそっか、私……

「ご無礼を働き、大変申し訳ございません。なんなりと罰をお与えくださいませ」

「う、ううん。そんなことしないから安心してよ」

ベガ君は何も悪くない。

ただ従者として、主人のレグルス様のことを心配しただけだ。

これはいわば、はっきりしていない私の方に責任があるといえるだろう。

私自身、婚約者にまでなってくれたレグルス様のことをどう思っているのか、よくわかっていなかったし。

でも、ベガ君に問われて自覚した。

「ベガ君が心配するのもわかるよ。尊敬しているレグルス様に、突然婚約者ができたらその相手のことが気になるのは当然のことだよね。特に私なんて、今までレグルス様とまったく接点がなかったわけだし」

私は今一度、息を深く吸って吐き出すと、ベガ君の方を真っ直ぐ見て告げる。

「ベガ君に聞かれて、改めてレグルス様のことを考えてみたら、自分の気持ちがはっきりとわかったよ。だからしっかりとそれを言葉にする。本人にはまだ、恥ずかしくて言えないけど、ベガ君にはなんとか伝えられそうな気がするから」

これが私の本心。

レグルス様に対する嘘偽りない気持ち。

「私も、ちゃんと……」

辿々しく言葉を詰まらせながらも、私は本音を吐露した。

「ちゃ、ちゃんと……レグルス様のことが……好きだよ」

「…………」

その言葉を受けて、ベガ君は目を丸くして固まってしまう。

言った。初めて自分の気持ちを口に出した。

けど、改めて言葉にすると、めちゃくちゃ恥ずかしいんですけど！

なんの時間ですかこれ！　私の顔、りんごみたいに赤くなってませんか！

でもこれが私の本心なのだと、私も今一度理解する。

私はレグルス様のことが好きだ。

というか、好きにならないわけがない。

今まで男性にこんなに優しくされたことなんてないし、しかもその相手は強くてかっこよくて頼りがいのある第一王子様ときたものだ。

それで意識するなという方が無理な話でしょ？

「だから、レグルス様が私のことを好意的に見てくれているなんて、本当に嬉しいことなの」

次いで私は、胸中に漂っている不安も明かす。

「ただね、私なんかがレグルス様の『好き』を頂戴してもいいのかなって、そういう迷いも少しだけあるんだ」

「迷い？」

「ベガ君の言う通り、あの人は本当にすごい人。世界で唯一の黒魔力の持ち主で魔術師としての腕も一流。王位継承権も有している第一王子様だし、才能も地位も名誉も全部持っている。一方で私は……」

この際だから、まあいいか。

いずれ知られてしまうことだし、早いか遅いかだけの違いだよね。

「私は、ヴィーナス王国の宮廷から追い出された、役立たずの聖女なの」

「えっ？」

「ポーション技術の発展のせいでね、聖女の治癒魔法は必要が無くなっちゃったんだ。そのせいで宮廷を追い出されてね、婚約していた相手も別の人に心を移しちゃったの」

聖女として無能の烙印（らくいん）を押され、婚約者としても見放されてしまった出来損ない。

「そんな私がさ、本当にレグルス様と結ばれてもいいのかなって。もっと他にいい人がいるんじゃないのかなって、ずっとそう思っているの。だからずっと考えないようにしていたのかもしれない。自分がレグルス様のことをどう思っているのか」

考えたらきっと、好きだと自覚してしまうから。

そして好きを自覚したら、きっともっとレグルス様からの好意を欲してしまう。

それはいけないことだとわかっているのに。

「……自分なんかがレグルス様のことを好きでいてはいけないと、スピカ様はそう思っていたということですか」

「うん」

私は自分に自信がない。

レグルス様に釣り合うわけがないと、心のどこかでそう思っている。

だからなのかな。

私は恵まれた環境に置いてもらっていることにも、いまだに強い違和感を覚えてしまう。

仕事が楽だと感じると少し申し訳ない気持ちになるし、与えられている部屋や食事も自分にはもったいないなと今でも思うことがある。

きっとそれも、自分に自信がないから、本当に私なんかがこんなに優遇してもらっていいのかと考えてしまうのだろう。

「……スピカ様はまだあまり、自分の価値を正しく理解できていないのですね」

「レグルス様にも同じことを言われたよ。だからたぶんそうなんだろうね。私は自分の価値がよくわかっていなくて、自信を持てないんだと思う」

我ながら卑屈な性格をしていると思うよ。

いや、あんな出来事があった後なのだから、それも無理はないんだろうけど。

宮廷追放と婚約破棄は、思った以上に私の心に深い傷を刻んでいるみたいだ。

「だから、私がいつか自分に自信を持って、レグルス様の婚約者に相応しくなれたと思ったら……」

私は今一度、ベガ君のことを真っ直ぐに見て、強い決意を示す。

「その時に改めて、私の方から『好き』って気持ちを、レグルス様にちゃんと伝えるよ」

「………」

「それまで少しだけ待っていてもらえないかな？　確証はないんだけど、私はこのポーション作りを通して、ようやく自分に自信を持てそうな気がするから」

形式的に聖女として称えられていたあの時よりも。

自分で選んだこの道で、みんなの役に立つことで、ようやく本当の意味で自分に自信を持てそうな気がするから。

だから私はこれから、もっともっとポーション作りを頑張ろうと思う。

「……わざわざお話しいただいてありがとうございます。スピカ様のお気持ち、とても強く伝わってきました。お辛い過去を話させてしまい、申し訳ございません」

「いいよ、別にこれくらい。どうせそろそろこの辺りにも噂は流れてくるだろうし」

ていうか噂でみんなに伝わるよりも、自分で言っちゃった方が気持ち的に楽だと気付いた。

今さらもう遅いことだけど。

申し訳なさそうにしていたベガ君は、次いで改まった様子で私に向き直る。

「あの方には、本当に気持ちが結ばれた相手と添い遂げてほしいので、微力ながら私もお手伝いさせていただきます」

「ぐ、具体的には……？」

いったいどんな助力をしてもらえるのかと気になって問いかけてみると、ベガ君は少し得意げな様子で、胸を張って宣言した。

「レグルス様に恋い焦がれる令嬢はたくさんいます。ですので劣情を持ってレグルス様に近づこうとする者たちは、私がすべて跳ね除けてみせますよ」

「それはすごく助かるよ、ベガ君！」

私は思わずベガ君の両手を取って笑みを浮かべたのだった。

とても心強い恋の味方ができました。

スピカがヴィーナス王国を離れてからひと月が経過。
ここヴィーナス王国でも、スピカの作ったポーションの噂が広まるようになっていた。
いわく、驚異的な治癒効果を持つ奇跡のポーションが、隣国のアース王国で作られていると。

そしてそれを手掛けているのが、この国を去った『聖女スピカ』だと。

そのため誰が呼んだか、奇跡のポーションは『聖女の秘薬』と謳われていた。

「くそっ……！　くそっ……！　くそっ……！」

そんな聖女スピカとの婚約を破棄し、宮廷から追い出したハダルは、噂が広まってからというもの気が立っていた。

それもそのはず、彼が逃がした魚はあまりにも大きすぎたから。

「あいつの魔力に、そんな使い道が……！」

千切れた手足を再生させ、失われた部位を復元する奇跡の秘薬。

それだけでいったいどれだけの国民たちが救われるだろうか。

現在流通している治癒ポーションでは、救える命にも限度がある。

大怪我を瞬時に塞ぐとはいっても、腕が千切れたら再生なんかするはずもなく、体に大穴が開けば塞ぎ切ることはまずできない。

だが、聖女の秘薬ならそれができてしまう。

どころか体を両断されたとしても、息があってポーションさえ飲むことができれば、一瞬にして肉体は元通りになるのだ。

どれだけの軍事的価値と金銭的価値が含まれているか、言わずもがなわかってしまう。

そのポーションの製作者を囲い込んでいれば、その国は世界的に優位に立てるだろう。

そんな存在を、この自分がみすみす手放してしまった。

「ち、違う……。これは、仕方のないことだったのだ……。そんなの誰にも、わかるはずないではないか……！」

わかっていたとしたら、手放したりしなかった。

婚約者として自分の懐に囲い、莫大な利益を得るためにポーションを作らせ続けていた。

（だからこれは、自分の責任では……！）

その時、自室にひとりの男がやってきた。

「聞いたぞ、『聖女の秘薬』の噂について」

「……兄上」

ハダルと同じ輝くような金髪を搔き上げて、翠玉色の目を鋭く尖らせている威圧感のある人物。

遠征任務から戻って来た兄のプロキシマ・セント。

この事態を知られたくない人物の筆頭で、ハダルは思わず歯噛みする。

「私や父に相談もなく独断で婚約破棄。しかもその相手が今話題の秘薬作りの聖女ときた。各界の重鎮たちはもちろん、当然父上も貴様の此度の愚行にお怒りだ」

「し、仕方がないではないですか！　他の誰もあいつの魔力の可能性には気が付いていなかった！　知っていれば私だってこのようなことは……」

「百歩譲って、聖女の魔力にこのような価値が宿っていることを見抜けなかったのはまだいい。だが婚約破棄については貴様の私情と独断で行ったことだ」

「……っ！」

痛いところを的確に突いてくる。

そう、ハダルが独断専行でスピカとの婚約を破棄しなければ、秘薬はセント王家が独占できていた。

知らなかったから仕方がない、では済まされない事態である。

「貴様が身勝手に行った婚約破棄が、結果的に莫大な損失を招いた。相応の罰は覚悟しておくんだな」

次いでプロキシマは手に持っていた書類の束を机に置いた。

「それと婚約破棄の責任についても当然取ってもらう。伯爵家への慰謝料も貴様の私財から賄(まかな)われる予定だ。下賜(かし)される予定だった土地。高価な私物。その査定表に目を通しておけ。最低限の必需品以外は残らないものと思った方がいい」

そうとだけ言い残すと、プロキシマは部屋を後にした。

ハダルは恐る恐る書類に目を通し、自分の失ったものの大きさを痛感して背筋が凍る。

まさかここまでの事態になるとは思いもしなかった。

ポーション技術の発展によって聖女スピカは不要になると、父のリギル国王もそう考えると思っていたのに。

莫大な損失。信用の失墜。科せられた重罰。

逆に、もしスピカを手放していなかったら、今頃は自分の指示でポーションを作らせて莫大な利益を独占できたというのに……

「スピカさえ、手放していなければ……！」

いや、あるいはただの聖女としてではなく、スピカ個人のことを愛する努力をしていたら……

第二王子のハダル・セントは、そんな取り返しのつかない後悔に苛まれるのだった。

第四章　赤月の舞踏会

アース王国の宮廷薬師になってから二週間。前の宮廷を追い出されてからはだいたい一か月が経ちました。

どうやら私のポーションは、騎士団の中でかなり好評なようです。

「一週間前に魔物の異常発生が起きた東地方の森に、第二師団が討伐遠征に向かったんだ。そこでスピカのポーションが大活躍だったんだって」

「そうなのですか？」

研究室に納品物を取りに来たレグルス様が、自分のことのように嬉しそうに話す。

「魔物たちは予想以上に凶暴な種族が多くて、腕や脚を潰された者、目を撃ち抜かれた者、回復不可能な損傷を負った者が多くいたらしいんだけど、スピカのポーションのおかげで事なきを得たんだ。結果、全員生還できたってさ」

「お役に立てたようで何よりです」

私が毎日作っているポーションが、ちゃんと役に立っているみたいでよかった。

腕や脚なんかを潰されたら普通のポーションじゃ治せないもんね。

その綻びが師団の大崩壊に繋がる危険性もあったようで、まさに騎士たちの命を繋ぐ生命線になったのだとか。

「過去に例を見ないような魔物の異常発生で、少なからずの犠牲は免れなかっただろうに、全員を五体満足で生還させるなんてやっぱりとんでもないポーションだよ。王国騎士たちの間では、今その話で持ちきりさ」

レグルス様は苦笑を浮かべて肩をすくめる。

「聖女の秘薬をもっとたくさん作ってほしいとか、うちの師団にも多めに回してほしいとか。みんなスピカのポーションの規格外の有用性に気が付いてしまったみたいだね。あまり君に無理はさせたくないというのに……」

「いえ、私の方でしたらポーション作りにもだいぶ慣れてきましたので、納品数を増やしていただいても大丈夫ですよ」

私はそう言って、いつもより多めにレグルス様にポーションを渡した。

レグルス様は申し訳なさそうにしていたけれど、私が『どぞどぞ』と強めに押したことでなんとか受け取ってくれた。

騎士団の役に立つのならどんどん持っていってほしい。

実際、魔力もだいぶ上がって一日の製作数も増えてきたので、納品数を変えてもらっても問題はないから。

もっともっと、みんなの役に立って、自分に自信を持てるようになりたいな。

それと先日、商業ギルドからも出店許可をもらうことができた。

ポーションの蓄えも充分にできたので、町での露店販売も明日から開始する予定である。

それで魔法薬師としてみんなから認めてもらうことができたら、ますます自信に繋がるんじゃないかな。

レグルス様に私の方から『好き』と伝えられる日も、そう遠くないかも。

その時のことを想像して、密かに頬を熱くさせていると、不意にレグルス様が窓の外を見て言った。

「そういえばちょうどひと月後、宮廷劇場で年に一度の大規模な宮廷舞踏会が開催されるんだ」

「宮廷舞踏会？」

あっ、聞いたことがある。

アース王国の宮廷で開催される宮廷舞踏会。

「それって、『赤月（あかつき）の舞踏会』のことですか？」

「うん、よく知っているね」

いやいや、知っているも何も……

「アース王国の宮廷舞踏会と言えば、世界的に有名ではないですか。隣国のヴィーナス王国でも、憧れている令嬢たちは数多くいましたよ」

それこそ世界三大舞踏会のひとつに数えられているほどだ。

外観の美しさで名高い宮廷に建てられた、これまた壮観なアース王国宮廷劇場。

そこで年に一度開催される舞踏会は、毎回世界的に有名な賓客を大勢招いて、腕利きの楽団による演奏と、何万という蝋燭とランプによる輝きの中、着飾った子息令嬢たちが思いのままに踊り明かす盛大な催しと言われている。

劇場では舞踏だけでなく、役者たちの喜劇なども行われたり、自由気ままに盤上遊戯に興じる者たちもいると聞く。

まさに娯楽のすべてを詰め込み、日頃の鬱憤を晴らさんばかりに貴族たちが自由を謳歌するその宮廷舞踏会は、『赤月の舞踏会』と呼ばれてヴィーナス王国でも有名だった。

それがひと月後に開催されるんだ。

「その昔、アース王国が歴史上でも類を見ない大災害に見舞われて、滅亡の危機に瀕したことがあったそうだ」

レグルス様は落ち着いた声音で、昔話を始めてくれる。

「度重なる魔物被害、大規模な自然災害の多発。ただでさえ当時のアース王国はあまり開拓も進んでいなくて裕福とは言えなかったのに、そんな悲劇が襲いかかってきて国民たちは絶望の渦に呑まれたそうだ」

次いで彼は窓から青空を見上げる。

「そんな中、当時の国王が夜空に赤い月を見たんだって」

「赤い月？」

「事実かどうかはわからない。王国の危機に直面して憔悴(しょうすい)している国王が見た幻覚かもしれない。けど王は、夜空に見たその赤い月に向けて、王国の復興を願ったそうだ」

月に願い事なんて、なんだか乙女的なことをする国王だな。

でもそれだけ追い詰められていたということでもあるのだろう。

神様に救いを求めるのと同じように、奇怪な赤月に神秘的な力を感じて願いを伝えたのかもしれない。

「すると、国王のその願いが通じたのか、各地の魔物たちが一斉に沈静化し、頻発していた災害も鳴りを潜めて、王国が瞬く間に潤っていったそうだ」

「えっ？」

「それからというもの、アース王国の宮廷では赤い月を見たという秋の半ば頃に、感謝と祝福を示す舞踏会を催すことを決めたそうだよ」

まさか本当に願いが通じて、王国が救われるなんて。

いったいどこまでが本当の話なのだろうか？

かなり古い伝承のようなので、信憑性は低そうに思えるけど素敵な言い伝えだ。

「あっ、だから『赤月の舞踏会』ということですか」

「そう」

そんな名前の由来があったなんて知らなかったなぁ。

ただ、それが由来なのだとしたら、赤月の舞踏会の規模も納得である。

「で、その赤月の舞踏会で正式に僕たちの結婚を発表しようと思っているんだ」

「えっ？」

唐突にそう告げられて、私は思わず放心した。

赤月の舞踏会で、結婚を発表する？

世界的に有名な賓客が大勢やってくる場所で？

「せ、世界三大舞踏会のひとつの赤月の舞踏会で、婚約発表なんてしていいのでしょうか？」

「王家主催のものだし、父上にも了承を得ているから何も問題はないさ」

レグルス様のお父様であるゾスマ陛下には、すでに婚約の件を明かしている。

最初はすごく驚かれたけれど、婚姻を否定されることはなくむしろ背中を押してもらえた。

聖女の魔力が有用だと思ってもらえた、というより、レグルス様のお気持ちを優先してくれたのだと思う。

「そもそも昔から、王子たちはこの赤月の舞踏会で伴侶を見つけて婚姻を発表しているんだ。夜空から見守っている月も紅潮するような熱い愛が結ばれる舞踏会だから、赤月の舞踏会という名前になったって話もあるくらいだし」

「そ、それはまた可愛らしい言い伝えですね」

舞踏会を見守っている月が照れて赤くなったから赤月の舞踏会って……

赤月の伝承が、一気に女児向けの童話みたいになったんですけど。

「王太子妃の公表っていう一大イベントなんだから、それだけ大きな舞台で言っても文句は言われないよ。だからぜひ僕と一緒に参加してほしい」

「は、はい」

そう応えると、レグルス様は嬉しそうに微笑んだ。

そして明らかに上機嫌な様子で、ポーションを持って研究室を後にする。

赤月の舞踏会で、正式な婚約発表。

みんなの憧れでもある舞踏会で、王子との婚姻発表なんて夢みたいな話である。

「……ひと月後」

私は密かに決意を抱く。

やっぱり私はまだ、自分のことをレグルス様に相応しい人間だと思えていない。

あの人の隣に並んで立てるようになるには、もっと自分に自信をつけなきゃダメだ。

どうせなら赤月の舞踏会には、レグルス様の婚約者として堂々と胸を張って参加したい。

そのためにも、このひと月の間は、今まで以上にポーション作りを頑張って自分の価値を示していこう。

「よし、やるぞっ！」

私はその日から、ますます精力的にポーション作りに励んだのだった。

スピカに赤月の舞踏会での婚姻発表を承諾してもらった後。

レグルスは人知れず安堵しながら執務室に戻っていた。

（よかった、舞踏会での婚姻発表を了承してくれて）

スピカはあまり注目を浴びるのを好まない。

できれば静かに平穏に暮らしたいと思っている人物だ。

だから正直、衆目の中で婚姻発表をするのを嫌がるのではないかと思った。

けれどこれといって激しく拒んでくることはなく、認めてもらえて何よりだと思う。

赤月の舞踏会で婚姻発表をするのには、大きな理由がある。

それはスピカの存在をより多くの人たちに知らしめるため。

アース王国の第一王子と、隣国の貧乏伯爵家の娘では婚姻に納得しない者も出てくるだろう。

しかしそれが巷で噂になっている秘薬作りの聖女だとしたら話は変わってくる。

貴重な聖女の魔力を宿している人間ならば、血の継承という観点から王族との婚姻も成立する。

ゆえに大舞台でスピカが聖女であることを示せば、婚姻に反対する者もいなくなるということだ。

そしてもうひとつの理由として、スピカの力をより広く世に伝えたいから。

会場には世界的に有名な賓客たちが大勢訪れる。

そこで聖女の秘薬の力を示せばどうなるか。

きっと彼女のポーションを本当の意味で必要としている人たちに届きやすくなるはずだ。

手脚を失くして困っている人、一生ものの深い傷に悩まされている人、レグルスのように目を潰されて光を失っている人。

騎士団や冒険者たちにも必要なものではあるが、まず先にそういう人たちにこそスピカのポーションが行き渡ってほしいとレグルスは願っている。

(それに、いつもあれだけ一生懸命にポーションを作っているんだから、少しくらい褒められるような場が用意されてもいいんじゃないかな。……もしかしたらそんな頑張り屋な婚約者をみんなに自慢したいという、個人的な願望もあるのかもしれないけど)

と、密かにそんなことを考えていると……

「おっ、レグルス君じゃん」

「……カストルさん」

廊下の曲がり角から爽やかな顔の男性が出てきた。

深みのある赤色の髪を炎のように立たせており、同色の瞳はまるで少年のように純粋な輝きを宿している。

それでいて騎士団一の上背があり、捲られたジュストコールの袖の内側からは、血管が浮き出たガッチリとした筋肉質の腕が見えている。

傍から見れば、第一王子に対してなんて口の利き方をしているのかと咎められるだろう。

しかしこの男にはそれが許されていて、レグルス本人もそれを容認している。

むしろレグルスから敬語をやめてほしいとまで言ったほどの人物だ。

王国騎士団の第一師団において、副師団長を務めている公爵子息カストル・ジェミニ。

カストルは元々、第一師団の師団長だった。

しかしレグルスが貴族学校を卒業し、王国騎士団に入団した時に彼に師団長の座を譲ることになった。

形式的に、代々王子が師団長を務めることになっているためである。

今では多くの者がレグルスのことを現代最強の魔術師と呼んでいるが、レグルス自身はそうは考えていない。

自分は形式として師団長になっただけで、実力はカストルの方が上だと思っている。

だからカストルの方から敬語を使われた時、それをやめてほしいとレグルスから懇願した。

ゆえに、師団長と副師団長、第一王子と公爵子息という間柄でありながら、このような上下関係になっている。

「んっ？　なんだよレグルス君、なんかいいことでもあったのか？」

「ど、どうしてですか？」

「だって、めっちゃニヤニヤしてるから」

「………………」

レグルスはおもむろに顔を逸らす。

赤月の舞踏会でのスピカとの婚姻発表を想像していて、つい頬が緩んでいた。

近頃、スピカの研究室に行く時も、ニヤけていたところをベガなどに見られていたので、気を引き締めなければと省みる。

即座にいつも通りの表情に戻って、レグルスは再びカストルの方を振り向いた。

「……職務中に弛んだ様子を見せてしまってすみません」

「いやいや、全然いいことだと思うけどな。俺なんていっつも弛んでるし」

「それはどうか直してくださいよ」

カストルは白い歯を見せて、戯けたように笑う。

彼はこのように底抜けの明るさを持った性格で、団員たちからの信頼も厚い。

一方でレグルスは根っからの真面目気質で、師団長になった初めはその性格が災いして、師団の空気をやや悪くしてしまったものだ。

その際にカストルが相談に乗ってくれて空気感を変えてくれたこともあり、彼の陽気さを見習ってレグルスの性格も少しずつだが丸くなってきた。

そのためレグルスにとってカストルは、師団長としてのいい見本であり、優しい先輩のような存在になっている。

「にしても、レグルス君がそんな顔をするようになってくれてよかったよ」

「えっ？」

「いっつも気を張ったような顔してたからさ。特に最近は表情が柔らかくなったって、騎士団のみんなも言ってるし。もしかして例の〝宮廷薬師ちゃん〟のおかげかなぁ？」

「……どうでしょうかね」

いきなり図星を突かれて、レグルスは再びそっぽを向く。

まさか他の騎士たちからも見られていたとは思わなかった。

表情が柔らかく見えたのなら何よりではあるが、師団長の自分が気を抜いてはいけないと心を改める。

「ところでどうするよレグルス君、コルブス魔占領域の開拓作戦について。何かいい案とか思いついたりしてないか？」

「まだ決めかねています」

魔物が占領している大地――魔占領域。

そこを開拓して人類の領地にすることを開拓作戦といい、レグルス率いる第一師団の主目的となっている。

今カストルから話があったコルブス魔占領域も、アース王国に隣接している開拓予定地で、現在侵攻が難航している。

「やっぱあいつらの〝毒〟は厄介だよな。解毒ポーションでも治療に時間が掛かるし」

「団員たちを危険な目には遭わせられませんからね」

解毒ポーション。

エメラルドハーブを使った治癒ポーションとは違う、毒の治療に用いることができる魔法薬。

植物由来、魔物由来に関わらず、人体に有害な毒を一瞬で分解することが可能だ。

しかしコルブス魔占領域にいる魔物たちの毒は、解毒ポーションで瞬時に治療ができない。

備わっている毒が非常に強力で、解毒ポーションでも毒の分解に時間が掛かってしまうのだ。

そのため分解が完了するまでに毒に耐え切れず、王国騎士が死亡した例が少なからずある。

ポーションの数もひとつだけでは足りず、一度の治療で三つほど必要になるのでその点も頭痛の種となっている。

「さっさとあそこを開拓しろって他所からの声も多くてな。本格的に圧力が掛かる前に終わらせちまいたいもんなんだが」

「開拓作戦が成功すれば、マーズ王国との大きな交易路が結べますからね。僕たちとしても王国騎士団の信頼維持のために、悠長にはしていられませんし」

ふたりはそう言ったが、これといって明確な解決策は浮かんでこない。

そのため差し当たってできることをカストルは言った。

「とりあえずは良質な解毒ポーションを大量に集めなきゃ話にはなんねえか」

「そうですね。どのような作戦になったとしても、保険としての解毒薬は必要になるでしょうから」

また改めて話し合うことにして、そこで会話は終了した。

と、思ったのも束の間、カストルがレグルスに問う。

「宮廷薬師ちゃんにも手伝いを頼めたりしないのか?」

「えっ?」

「あの子、特殊な魔力を持ってるだけじゃなく、魔力量の方も相当だって聞いてるぞ。だから解毒ポーションの調達に協力してもらえねえかなって思ってさ」

「そう、ですね……」

確かに彼女の魔力量なら、一日でかなりの解毒ポーションを作れるはず。

今は聖女の秘薬の製作に集中してもらっているため、自然とその選択肢を頭から除外していた。

「でしたら現在作ってもらっている治癒ポーションの製作を止めてもらい、解毒ポーションの製作に取り掛かるようにお願いを……」

レグルスがそう言いかけると、カストルが悩ましい声でそれを遮る。

「いや、できれば治癒ポーションの方も作ってはほしいなぁ。開拓作戦には治癒ポーションも必要になるだろうし、聖女の秘薬がないのはかなり痛い」

しかしそうすると、スピカに多大な負担が掛かってしまう。

そのことを言及しようとすると、カストルは少し戯けた調子で言った。

「聖女の秘薬も作ってもらいつつ、解毒ポーションの方も同じ数だけ用意してもらえねぇかなぁ、なんて」

瞬間――

レグルスは無意識に、声を張り上げていた。

「スピカにそんな無茶はさせられません！」

「…………」

その声に、カストルは思わず目を剝く。

レグルス本人も、言った後で自分の声の大きさに驚いた。

カストルがいつも言う冗談だとはわかっていながら、我知らず強めに否定してしまった。

「……と、取り乱してしまい、大変申し訳ございませんでした」

「い、いや、俺の方もすまなかったな」

ふたりの間に微妙な空気が漂う。

レグルスは明らかに私情で反応してしまったため、恥ずかしさと情けなさで顔をしかめた。

その気持ちを察したカストルは、小さく笑ってレグルスに声を掛ける。

「本当にあの子が大事なんだな。無茶させるような指示はしないから安心してくれ」

「…………」

自分でも、幾度となく過保護すぎるのではないかと思うことがあった。

今もその一面が出てしまって、レグルスは心の内で自身を戒める。

(仕事に私情を挟むのはもっての外だ。スピカに無茶はさせたくないけれど、治癒ポーションと一緒に解毒ポーションも作ってもらえたら、騎士団が助かるのは確かじゃないか)

まずはスピカに、同時に作れるかどうか聞くのが先の話だ。

きっと大変だろうからと、勝手に過保護になって守るのはよくない。

下手をすれば、スピカの活躍の場を奪ってしまうことにもなるかもしれないのだから。

そう気持ちを改めて、レグルスは咳払いを挟んでから言った。

「……スピカに解毒ポーションの製作ができないかどうか、僕の方から聞いておきます。彼女ができると言ったなら、無理のない範囲で作ってもらうようにしますから」

「そうしてくれると助かるよ。俺の方も、色んな伝手を使って解毒ポーションをかき集めてみるからさ」

そこでレグルスとカストルは会話を終わらせて、別々の方へ歩いていった。

スピカに無茶はさせられない。

けど確かにスピカに解毒ポーションの製作を手伝ってもらえたら心強い。

彼女の魔力量なら一日だけでも相当な数の解毒ポーションを作れるだろうし、薬師としての腕も確かだ。

良質なものを手がけてくれると確信している。

（そういえば……）

スピカは聖女の魔力によって、治癒ポーションを規格外の性質に変化させた。

ならば……

（聖女の魔力で解毒ポーションを作った場合は、いったいどうなるのだろう？）

レグルスはふと、そんな疑問を抱いた。

◇

私は今、赤月の舞踏会に向けて、ポーション作りと露店販売に精を出しています。

露店販売を始めてからまだ三日目ですが、お客さんも想像以上に足を運んでくれました。

「こっちにポーションひとつくれ！」

「俺の方は三つ頼む！」

「はい、ありがとうございます！」

どうやら王国騎士のみんなの噂が町にも広がり、すでに聖女の秘薬について知っている人が多くなっていたらしい。

そのため宮廷薬師としてポーションを売り始めた当日から、かなりの行列が露店前に出来た。

価格も瞬く間にギルド側から変更するように言われて、コズミックの町にいた時と同じ一万テルスにしたけど、今のところ客足が遠のく気配はない。

「すごいですね、スピカ様のポーションは。この価格で客足が途切れることがないなんて」

「私も自分で驚いてるよ」

付き添いのベガ君は、露店販売の手伝いをしながらそう言ってくれる。

本来ならレグルス様が付き添ってくれるはずだったけど、あの人は近頃多忙だ。

だからベガ君に付き添ってもらって露店販売を行っている。

いつかはレグルス様とも一緒にポーションを売ってみたいけどね。

でもまあよくよく考えたら、名高い第一王子様が露店に立っていたら騒ぎになるかな？

ちなみに、たまにこんな風に声も掛けられた。

「先日、聖女様の秘薬によって、息子の失われた腕が元通りになりました。本当にありがとうございます！」

「お役に立てたのなら何よりです」

実際に私のポーションを使った人から、生の声を聞かせてもらえる。

やっぱり感謝の言葉を直接もらえると、この仕事をしていてよかったって思えるよね。

ちゃんとみんなの役に立てているっていう実感も得られるし。

「スピカ様、本日の販売分が捌き終わりました」

「わかった、手伝ってくれてありがとね」

買えなかったお客さんたちには、また明日販売をすると伝えて、私たちは撤収することにした。


売れば売るだけ捌けていく。

冒険者が多い町というわけでもないので、正直ここまで繁盛するとは思わなかったなぁ。

蓄えていたポーションの在庫もそろそろ底をつきそうだし。

これは本格的に、みんなの手元に行き渡るように製造数を増やすしかないかも。

今は一日に三十個ほどが限界だけど、午前と午後に作業を分けて、魔力への負担を軽減させる。

そうすることでおそらく、一日に四十から五十近く作れるようになると思うから。

この調子でどんどんポーションを作って、がんがん町の人たちに売っていこうと思います！

「近頃、随分と張り切っているようだね」

「あっ、レグルス様」

朝。

午後の露店販売に向けて、せっせとポーション作りに勤しんでいる最中。

研究室にレグルス様がやってきました。

「ベガからも聞いているよ。最近はいつも以上にポーション作りに精を出しているって。何かあったのかい？」

「い、いえ別に！」

レグルス様の隣に堂々と立てるように、ポーション作りと露店販売を頑張ってます！

なんて恥ずかしくて言えるわけないですよ……

「レ、レグルス様こそ、朝早くにどうかしましたか？」

いつもはお昼近くに納品物を受け取りに来る。

それなのに朝早くに研究室にやってきたので問いかけてみると、レグルス様はやや申し訳なさそうに答えた。

「あぁ、スピカに少し話があってさ。作業中のところすまないけど、少しいいかい？」

「は、はい、なんでしょうか？」

何やら改まった様子だったので、私も作業の手を止めて姿勢を正した。

するとレグルス様は、やはりどこか罪悪感でも滲ませるような顔で、私に告げてきた。

「解毒ポーションを作ってほしいんだ」

「解毒ポーション？」

「次の開拓作戦に必要なもので、それも相当な数を集めなければいけないんだ。今はそれをかき集めるのに苦労をしていてね、だからスピカにも解毒ポーションを作ってもらえないかなって思ってさ」

なるほど、開拓作戦用の解毒ポーションの製作か。

確か、いつも私が作っている治癒ポーションと違う薬草を使うんだよね。

鮮やかな青色が特徴の、解毒作用のある『サファイアハーブ』。

あとは魔力循環をよくするスターリーフと水で出来るって、図書館にある本で読んだ気がする。

体に有害な毒を一瞬で消し去ってくれる魔法薬。少し興味はあったけど、作ったことは一度もないなぁ。

「一応、最優先は治癒ポーションの納品だから、余裕がなかったら無理にとは言わないよ」

「あっ、いえ、魔力にも余裕があるので、両方とも一緒に作れると思います。ただ製作経験がないので上手く作れるか……それに効力を試すのも難しいような？」

もしかしたら解毒ポーションを作る才能はからきしで、粗悪なものが出来てしまう可能性もある。

それに治癒ポーションの時と違って、治験が難しいというのも問題のひとつだ。毒を浴びている人なんてそう都合よくはいないだろうし、自分で毒を食らうのもなかなかに勇気がいる。

そもそも開拓作戦に使うということは、魔物の毒に対抗するために必要ってことだよね？　それなら実際に魔物の毒で治験しないことには意味がないし、ますます難易度が高いんじゃ……

「その点については心配いらないよ」

「えっ？」

「スピカの解毒ポーションが開拓作戦に使えるかどうか、確かめる方法はあるからね。例えば……僕自身の体で確かめるとか」

「レグルス様の体で……？　あ、あの、本気で言っていますか？」

何やら不穏なことを言い出したので思わず尋ねてみると、レグルス様は微笑むだけだった。

もしかして揶揄（からか）われた？

ともあれ、レグルス様に解毒ポーションの製作を頼まれて、さっそく作業に取り掛かることにした。

材料は騎士団の方から渡されたサファイアハーブ、スターリーフ、綺麗な水。

治癒ポーションの材料をエメラルドハーブからサファイアハーブに変えただけである。

製作工程もまったく同じで、まずはスターリーフを乳鉢と乳棒ですり潰す。

細かく潰れたら、調合釜にサファイアハーブと綺麗な水を入れて、すり潰したスターリーフも加える。

釜を火にかけてグラグラと煮立たせながら、神木で出来た木べラで中身をかき混ぜる。

この時、魔力を注ぎ込むことを忘れてはいけない。

そして出来上がった液体を濾して冷ませば解毒ポーションの完成だ。

「ふぅ、とりあえずは出来上がりました」

ただでさえ初めて作るのに、レグルス様に見守られながらだから余計に緊張したぁ。

ちゃんと出来ているかな？

その青色の液体を小瓶に詰め替えると、エメラルドハーブを使った治癒ポーションと違って少し甘い香りがした。

バニラっぽさをほのかに感じさせるまったりとした匂いに頬を緩めながら、レグルス様に小瓶を手渡すと、彼は感嘆するようにため息をこぼす。

「ありがとう、スピカ。僕の見た感じだとすごく良質な解毒ポーションだと思うよ。さすがだね」

「ですが、私も初めて作ったものなので、やはりきちんと効果を確かめておかないと……」

私は聖女の魔力を用いて、治癒ポーションの効果を極限まで高めることができる。

しかしその魔力が解毒ポーションにどのように作用するのかは想像もつかない。

もしかしたらまったくの無意味なポーションに仕上がっている可能性もある。

最低限、他の魔法薬師の解毒ポーションと同じだけの効果があってほしいけど……

「そこは僕が〝この体〟で確かめるから安心してって言ったでしょ」

「えっ？」

先ほど聞いた不穏な言葉が再び私の耳を打つ。

「じょ、冗談ではなかったんですか？」

「うん。スピカの力を疑っているわけじゃないけど、さすがに開拓作戦の本番にいきなり投入するのは危険があるし、より正確に効果を確かめるのなら人の体が一番確実でしょ」

「そ、それは確かにそうですが……具体的にはどのようにお確かめになるのでしょうか？」

話によれば、開拓予定地のコルブス魔占領域には、厄介な猛毒を扱う魔物がいるという。

その猛毒に対抗するために大量の解毒ポーションが必要になるとのことだけど、猛毒を分解できるかどうかどうやって調べるというのだろう？

実際にその魔物から毒をもらって試すしかないような？

〝この体〟で確かめる、ということはまさか……

「宮廷の地下牢に、コルブス魔占領域から捕獲してきた魔物がいるんだ。その魔物から毒を受けて、開拓作戦に使えるかどうか治験するんだよ」

「う、うそ……」

本当にその魔物から毒を食らうつもりらしい。

さすがに危なすぎませんか？

ていうか地下牢に魔物なんて捕縛（ほばく）してたんだ。

「は、初めて作った解毒ポーションの治験で、それは少々危険すぎるような……」

「安心してよ。スピカの解毒ポーション以外にも、ちゃんと実戦での投入歴がある解毒ポーションも用意してあるから。万が一スピカの解毒ポーションで治せなかったとしても問題はないよ」

いやでも、その分レグルス様が苦しい思いをすることになる。

毒の分解に時間が掛かれば掛かるほど、体への負担は莫大なものになるから。

私のポーションが効かなかったらどうしよう……。

「……あの、私もその治験に立ち会ってもいいでしょうか？」

「えっ？」

「解毒ポーションを作った身として、品質に問題がないか、この目で見ておきたくて」

そう言うと、レグルス様は目を丸くした。

私はこれを手掛けた魔法薬師として、ちゃんと効果を確かめておきたい。

何よりレグルス様のことが心配で、正直居ても立ってても居られないから。

「……まあ、魔法薬師として自分のポーションの効果は気になるものだよね。わかったよ、スピカにも治験に立ち会ってもらうことにする」

「あ、ありがとうございます」

「でもできれば、スピカにはここにいてほしかったけどね」

「……？」

「あぁ、いや、少しみっともない姿を見せることになると思うからさ」

レグルス様は少しぎこちない笑みを浮かべた。


解毒ポーションを用意した後、治験のために地下牢へと向かうことになった。

その道中、レグルス様は王国騎士の人たちや従者のベガ君に声を掛けて、一緒に地下牢へ行くことになる。

全員、解毒ポーションの検証に立ち会ってくれるらしい。

元々そういう予定だったみたいで、みんなで私の解毒ポーションが開拓作戦に投入可能か判断してくれるようだ。

中には副師団長のカストル様までいる。

十人近くの前で治験をすることになって一層の緊張感が湧いてくるけど、みんなが見守ってくれるなら安心感も増す。

やがて地下牢に辿り着くと、そのうちの一際頑丈そうな鉄格子の中に、くだんの魔物がいた。

「あれがコルブス魔占領域から捕獲してきた魔物だよ」

「………」

三つの頭を持つ蛇のような魔物。

僅かに光沢とぬめりのある鱗が全身を覆っていて、塒を巻いた体を伸ばせば全長は三階建ての家屋の高さに迫るだろう。

鉄格子の隙間からこちらを睨みつける姿は、子供なら泣いて逃げ帰るような恐ろしさを秘めていた。

こんな怖い魔物が地下にいたなんて驚きだけど、それ以上にどうやってこんな魔物を捕まえたのか気になる。

というか、今からこの魔物に毒をもらうわけか。

「あの、レグルス様。やはりここは従騎士の私が……」

「ありがとう、ベガ。でも大丈夫。開拓師団のみんなが使う解毒ポーションだからね、師団長の僕が実際に確かめたいんだ」

ベガ君は従者としてレグルス様のことを心配している様子だった。

それもそのはず、今から行う治験はかなりの危険を伴うから。

コルブス魔占領域にいる魔物は、非常に強力な毒を扱う。

解毒ポーションを使ってもすぐには治療できず、分解に時間が掛かって死に至る場合もあるくらいに。

だから万が一のことを考えて、ベガ君は代わりに毒を受ける役を買って出ようとしたわけだ。

他の騎士たちもレグルス様を心配して、代わりに毒をもらおうと志願するが、すべて断られてしまう。

師団長の立場としてこの役目を譲らなかったレグルス様は、改めてみんなの方を見て告げた。

「みんな、今回はスピカの解毒ポーションの治験に立ち会ってくれて感謝するよ。念のために通常の解毒ポーションもいくつか用意してあるから、心配はいらないと思うけど、万が一僕が倒れた時はよろしく頼むね」

レグルス様がそう言うと、周りの緊張感が一気に増す。

私も表情を強張(こわば)らせながら、持ってきた解毒ポーションをレグルス様に手渡した。

この解毒ポーションが失敗作だったら、レグルス様は苦しい思いをすることになってしまう。

いいや、最悪準備していた解毒ポーションでの治療も間に合わずに、死んでしまうことだってあるかもしれない。

そう思うと、他のみんなのように今すぐにレグルス様のことを止めたい気持ちに駆られるけど、ぐっと堪えてレグルス様のことを見送る。

そしてレグルス様は、恐れる様子をまるで見せず、魔物がいる鉄格子の方へ歩み寄っていった。

解毒ポーションの治験には、魔物が体内で生成している新鮮な毒を食らう必要がある。

そうした方がより実戦に近い形の検証ができるからだそうだ。

そのためにレグルス様は、鉄格子の中に……

自らの腕を突き入れた。

「シャアッ！」

瞬間、三頭蛇（さんとうだ）の魔物が、レグルス様の腕に強く噛みついた。

「――っ！」

レグルス様は痛みを感じてか、ほんの僅かに右の目尻を細める。

その程度で済んでいるのが信じられないほど、右腕からは相当量の血が溢れていた。

私は思わず小さな悲鳴を漏らす。

今まで魔物に怪我をさせられた人たちは何度も見てきた。

けど、目の前で誰かが傷付けられるのはこれが初めてだ。

しかもその相手は、婚約者のレグルス様。

「は、早く……早く、ポーションを……！」

思わず大声を出してしまいそうになるけど、治験に支障をきたさないために必死に声を喉の奥に引っ込める。

同じように周りの人たちも動揺を見せるが、それとは反対にレグルス様は冷静に佇んでいた。

「そろそろ充分かな。忌避剤の散布を頼むよ」

「はっ！」

やがてレグルス様が指示を出すと、王国騎士のひとりが持っていた小瓶の中身を蛇に振りかけた。

それは蛇が嫌う臭いの植物を煮詰めて作った忌避剤らしい。

魔物に対しては効果が薄いようだけれど、その液体を直接浴びた蛇の魔物は僅かに怯んだ。

その隙にレグルス様は腕を引き抜く。

幸い、腕を丸ごと食い千切られるという事態にはならなかったけれど、傷はかなり深いように見えた。

「はぁ……はぁ……！」

最初こそ、傷の痛みにも動じていなかったレグルス様だが、次第に息が荒々しくなっていく。

ついには額に汗を滲ませながら倒れそうになり、そこを王国騎士の人たちが咄嗟に支えた。

魔物の猛毒が回った証拠。

そうとわかって、レグルス様は左手に持っていた私の解毒ポーションを掲げる。

「それじゃあスピカ、使わせてもらうよ」

ゴクゴクッ。

私の作った解毒ポーションが、レグルス様の体に入っていく。

コルブス魔占領域の魔物の毒は強力だ。

もし私の解毒ポーションが粗悪なものだったら、毒を治せずにレグルス様を苦しめることになってしまう。

最悪、通常の解毒ポーションの毒の分解も間に合わず、レグルス様の命が危険な目に……

だからお願い、私の解毒ポーション。レグルス様の毒を治して……！

「毒の分解には時間が掛かります。ひとつだけで足りなかった場合は、追加で服用させる必要がありますのでご準備を！」

「は、はい！」

王国騎士の人にそう言われて、私は咄嗟に二個目の解毒ポーションを取り出す。

それを持ってレグルス様の方へ近づこうとした、その瞬間——

「えっ……？」

信じがたい光景が、私の目に飛び込んでくる。

なんと騎士たちに背を預けていたレグルス様が、すっと体を起こした。

まるで、何事もなかったかのように。

「……レグルス……様？」

「………」

荒々しくなっていた息も整い、吹き出していた汗もすでに止まっている。

支えになっていた騎士たちも呆然とした様子でレグルス様を見ていて、彼もまた自分の体を見下ろしながら言葉を失っていた。

これは、もしかして……

「……毒が、消えている」

「えぇ⁉」

レグルス様のその呟きに、その場にいた全員が目を見開いた。

毒がすでに消えている？

ポーションを飲んでから、まだ五秒くらいしか経っていないような。

毒の分解には時間が掛かると聞いていたのに。

でも確かにレグルス様の表情は至って普通で、苦しそうな様子は微塵も感じられない。

「ど、どうしてもう毒が消えているんだ？　この魔物の毒が弱かったってことか？」

「いや、つい先日事故でこいつに噛まれた奴がいたが、解毒ポーションを三つ使って五分ほど解毒に時間が掛かってたぜ」

「じゃあ、どうしてレグルス様は……」

私のポーションをひとつ飲んだだけで、僅か数秒で全快してしまったのか。

「まさか、スピカの解毒ポーションは……」

というレグルス様の呟きに、副師団長のカストル様が微笑んだ。

「まあ、にわかには信じられねえが、おそらく〝そういうこと〟なんだと思うぞ。一応念のために、副師団長の立場として俺もやらせてもらうよ」

すると今度はカストル様が、鉄格子の中に腕を入れて魔物に噛ませた。

そして自分で忌避剤を使って魔物を怯ませると、即座に腕を抜いて私から解毒ポーションを受け取る。

この人もこの人でとんでもない度胸があるな、と思っていると、カストル様にも毒が回って息が荒くなっていった。

直後、すぐに私の解毒ポーションを服用する。

その瞬間――

「……うおっ、マジかよ。本当に一瞬で楽になりやがった」

レグルス様と同様に、カストル様もすぐに全快した。

猛毒を受けていたのが、まるで嘘だったみたいに。

「やっぱりそうだ。スピカの解毒ポーションは、他の解毒ポーションより効力が強いんだ。それも〝桁違い〟に」

「桁、違い……?」

「聖女の魔力によって効力が底上げされるのは、治癒ポーションだけじゃなかったってことだよ」

聖女の魔力に、そんな力があったなんて……

にわかには信じられないことだが、実際に目の前のふたりがそれを証明してくれた。

通常であればこの猛毒は、三つの解毒ポーションを使い、時間を掛けてようやく治せるもの。

しかし私の解毒ポーションは、たったひとつを服用しただけで、一瞬で猛毒を消し去ることができる。

それだけ通常のものよりも効力が強く、毒の分解量と速度が規格外であることを示している。

じゃあ、私の解毒ポーションは……

「開拓作戦に投入、で問題はないよなレグルス君」

「問題はないどころか、優先的に採用したいくらいですよ。まさかこれほどとは思っていませんでした。これで滞っていたコルブス魔占領域の開拓作戦が、大幅に進行します」

師団長と副師団長のそのやり取りを聞いて、周りの王国騎士たちも何やら大いに盛り上がっていた。

厄介な毒を扱う魔物たちのせいで、開拓作戦が難航しているというのは聞いている。

だからその問題が私のポーションで解決しそうということで、それは嬉しい話ではあるんだけど……

私の心中は、それどころではなかった。

すぐにレグルス様の元に駆け寄り、右腕の傷口に両手をかざす。

「【癒しの祈り（ヒール・プリエール）】」

すると私の手に純白の光が灯り、いまだに血を流しているレグルス様の傷を、ゆっくりと塞いでいった。

その光景を、みんなは呆然と見つめる。

「今の、もしかして……」

「せ、聖女の治癒魔法だ……！」

「は、初めて見た」

治療を受けているレグルス様も驚いた様子で固まっている。

やがて傷口が完全に塞がると、私は解毒が成功したことの安堵もあって、思わず目に涙を浮かべた。

本当によかった、レグルス様に何もなくて。

「ありがとう、スピカ。でも貴重な魔力を消費してまで治すような怪我じゃ……」

私はレグルス様の右腕をそっと撫でながら、懇願するように告げた。

「二度と、このような無茶はしないでください」

「……あ、あぁ、そうだね。これからは気を付けるようにするよ」

レグルス様は心なしか言葉をつかえさせながらも、私に頷きを返してくれた。

彼が目の前で傷付くのを見るのが、こんなに辛いことだなんて思わなかった。

いつも私のことを過保護に心配してくださるのなら、同じくらい自分の体の方も大切にしてほしいです。

その後、カストル様の傷も癒して、私の解毒ポーションの治験は無事に終了したのだった。


私の解毒ポーションの噂は、すぐに王国騎士たちの間に広まった。

いわく、あらゆる猛毒も一瞬で解毒できるポーションと。

コルブス魔占領域の魔物の毒を瞬時に治療できたのがやはり衝撃的に映ったらしい。

これまでの解毒ポーションとは一線を画する効能を宿していて、次の開拓作戦への本格投入が即時決定した。

というわけで私は、解毒ポーションの大量生産を任されて、ただいま絶賛製作中です。

「よし、これで二十五個目」

午前に作った治癒ポーションを合わせれば、合計で五十個のポーションを作ったことになる。

一日で五十個の製作も慣れてきたものだ。

確実に成長していると実感できる。

魔力がだいぶ上がったのもそうだけど、淀(よど)みなく魔力を注ぎ込めるようになって消耗そのものが軽減されたように思う。

これなら深夜まで作業を続けることができて、ますます製作数を増やせるかも……

「またこんなに作ったのかい」

「あっ、レグルス様」

もう少しポーションを作ろうかなと思ったところで、研究室にレグルス様がやってきた。

彼は作業机に置かれている、出来立てのポーションたちを見て、私に心配するような視線を向けてくる。

「無理はしないようにって言ったのに。開拓作戦の決行は二週間後で、それまでに治癒ポーションと解毒ポーションをそれぞれ百個作ってくれるだけでいいんだよ？　というかそれ自体、君にかなり無理をさせていると思っているくらいなのに……」

「いえ、ポーション作りのコツもつかんできたので、まったく問題はありませんよ。二週間後の作戦決行までに、それぞれ二百五十は用意してみせます」

私は元気をアピールするかのように、袖を捲って二の腕を掲げた。

私はもっともっと、王国騎士団の役に立ちたい。

特に今回の開拓作戦用の解毒ポーションの製作は、これまで以上に自分の自信に繋がる気がするから。

解毒ポーションの目標数は百個という話だけど、念を入れて二百個以上は用意しておきたい。

ひとりでも多く、開拓作戦に参加した王国騎士が生還できるように。

まあ、こちらの作業に集中しているせいで、露店販売ができないのは少し痛いけど。

私の治癒ポーションを待ち望んでいる人たちには申し訳がないし。

でも先日、露店販売で一時休止を発表した時は、みんなも快く納得してくれた。

だから私は今、王国騎士団のために治癒ポーションと解毒ポーションをせっせと作っています。

まだまだ体力と魔力に余裕があったので、また作業に取り掛かろうとすると……

「……そんなに頑張らなくても、君を宮廷から追い出すことなんてしないよ」

「えっ？」

不意にレグルス様が、突拍子もないことを告げてきた。

頑張らなくても、宮廷から追い出すことはしない？

なんでいきなりそんなことを……

「聞いたんだ、聖女の噂のこと」

「聖女の、噂……？」

「この辺りにはもうぼんやりとだけど伝わっているよ。ヴィーナス王国の聖女が、婚約者の第二王子から婚約を破棄されて、宮廷から追われたってことが」

ドクッ、と私の心臓が高鳴る。

ヴィーナス王国の宮廷から追い出された聖女。

いずれは伝わってくるだろうと思っていた例の話が、いよいよレグルス様の耳に届いたんだ。

「……そうですか。そろそろこの辺りにも噂が流れてくるだろうとは思っていました」

「本当のことなのかい？　ポーション技術の発展によって、聖女が無価値な存在であると見做(みな)されて、一方的に宮廷を追放されたなんて……」

レグルス様は信じがたいという表情で尋ねてくる。

確かに私の力に価値を見出して、宮廷にまで誘ってくれたレグルス様からしたら信じられない話だろう。

正直、レグルス様にはあまり知られたくなかったな。自分が惨めな目に遭ったことなんて。

けど知られてしまったのなら仕方ないと、私はぎこちない笑みを浮かべておもむろに頷いた。

「はい。すでに良質な治癒ポーションの普及が各地で始まっていたので、聖女の治癒魔法は必要ないと追い出されてしまいました。第二王子とも慣習的に婚約を交わしていましたけど、別の人を愛していた彼からはそれを機に婚約を破棄されました」

「……ひどい」

レグルス様はまるで自分のことのように、苦しそうに顔をしかめる。

次いで得心(とくしん)したような表情で続けた。

「貴重な聖女のスピカが、どうしてこの国にいるのか疑問だったんだけど、まさかそんなことがあったなんて。それなのに僕は、また同じように宮廷で君を囲ってしまった。辛い過去を繰り返すような真似をして申し訳ない」

「い、いえいえ、とんでもないです！　こちらの宮廷ではとてもよくしてもらっていますし、前の宮廷を追い出されたことは、もうそれほど気にしているわけではありませんから」

あの時のことが原因で、自分に自信が無くなってしまったのは確かだけど。

でも抱え込むほどの深い傷を負ったわけではない。

だから宮廷に囲ってもらったのはすごくありがたいことで、私は感謝しかしていないんだ。

「もしかして、私が宮廷を追い出されたことがあるから、また同じように追い出されないために、私がポーション作りを頑張っているように見えたのですか？」

「ち、違うのかい？」

「私はただ自分のできることを精一杯やろうと思って、ポーション作りを頑張っているだけですよ。宮廷を追い出されたくないからと、必死になっているわけではありません」

そう言うと、レグルス様は肩に入っていた力を抜きながら息を吐いた。

どうやらレグルス様には、私が宮廷から追い出されたくなくて頑張っているように見えていたらしい。

完全に私の真意を見抜かれてしまったわけではないようで安心した。

私は自分に自信をつけるためにポーション作りを頑張っている。

ひと月後に迫った赤月の舞踏会にて、レグルス様の隣に堂々と立てるように。

まあそれを直接明かすのは恥ずかしいから、ここではさすがに言わないけどね。

「そうか、早とちりをしてしまって申し訳ない。もしスピカが宮廷から追放されることを恐れて無茶をしているようなら、絶対に止めるべきだと思ったからさ」

「……ふふっ、お優しいのですね」

どこまでも過保護で、私に対する心配の気持ちがとことんブレない人だ。

やっぱりすごく優しくて、とてもよくこちらのことを見てくれている。

その事実に嬉しさを噛み締めていると、レグルス様は畳みかけるようにこんなことを言ってきた。

「スピカが頑張っている理由はよくわかったよ。でも、一応これだけは忘れないでほしい」

「……？」

「僕は何があっても、スピカのことを見捨てたりはしないよ。スピカの聖女の力は確かに価値あるものだけど、それだけが理由で君に婚約を申し出たわけじゃない。僕はスピカという個人をもっと知りたいと思って婚約話を持ちかけた」

次いでレグルス様は、こちらの目を真っ直ぐに見つめながら告げてくる。

「そしてスピカを近くで見てきて、いつも一生懸命な姿や分け隔(へだ)てない優しさに心惹かれて……。今では君をひとりの女性として心から〝愛している〟。この先も一緒に居続けたいと、僕はそう思っているから」

「…………」

唐突な告白を受けて、私は思わずサッと顔を背ける。

……顔が熱い。

頬がだらしなく緩んでいるのがわかる。

今、絶対に見せちゃいけない顔をしています。

初めて、レグルス様の口から直接、〝好き〟という気持ちを伝えてもらった。

いきなり真剣な顔で、目を真っ直ぐに見てそう告げてくるのはずるいですよ。

今までは『女性として興味がある』とか『好意的に見ている』という言葉だけだったから。

「……あ、ありがとう、ございます」

それでも私は、なんとか声をしぼり出すようにしてお礼を返したのだった。

早く私も、自分に自信をつけて、同じくらいの〝好き〟の気持ちをレグルス様に伝えたいです。

それから早くも二週間が経過。

私は目標にしていた合計五百個のポーションを無事に用意することができた。

それを開拓作戦の成功を願って第一師団に託す。

「本当にありがとう、スピカ。君の頑張りを無駄にしないためにも、きっと開拓作戦を成功させてみせるよ」

「どうかご無事でお戻りください」

そう言って私は、他の王国騎士たちと一緒に第一師団を送り出したのだった。

開拓作戦開始。

そして私は宮廷で、開拓作戦を任された第一師団の帰りを待つことになった。

その間の私は、正直気が気じゃなかった。

開拓師団は私の解毒ポーションの力を信じて、コルブス魔占領域の開拓へと向かった。

だからもし私の解毒ポーションに何かしらの欠陥でも見つかったりしたら、一気に師団は崩壊することになる。

そうでなくてもコルブス魔占領域の魔物は強力で、順当に侵攻ができたとしても、少なからずの犠牲は免れないと言っていた。

だから私はひたすらに、ただ祈ることをした。

第一師団の皆様、レグルス様、どうかご無事でお帰りください。

贅沢は言いませんから、作戦の成功なんて関係なしに、全員が生還してくれますように。

「此度のコルブス魔占領域の開拓作戦において、第一師団は我々の希望を背負い、見事に作戦を遂行してみせた。そして団員の王国騎士をひとりも犠牲にすることなく、全員で無事に生還も果たした。よってその功績と栄誉をここに称える」

第一師団が開拓作戦に旅立って一週間後。

彼らは見事に作戦を成功させて、王都まで帰ってきた。

しかも、誰ひとり欠けることなく、なんとも爽やかな笑顔で。

「…………」

私はいまだに信じられない思いで、王都の中央広場で行われている作戦成功を祝う栄誉式に参加している。

正直、全員が生還してほしいというのは、あまりにも贅沢な話だと思っていた。

とても難しい作戦だし、作戦の成功を関係なしにしても、少なからずの犠牲は出てしまうのではないかと。

だというのに、全員が生還しただけでなく、その上で開拓作戦も見事に成功させてしまった。

すでに見知った王国騎士も何人か参加していたので、本当に全員帰ってきてくれて夢でも見ているような気持ちである。

しかも……

「あ、あの、本当に私もこの栄誉式に参加してもよろしかったのですか？　それも第一師団と同じ表彰側で……」

「何言っているのさ、スピカ。開拓師団のみんなが頑張ったのもそうだけど、何より君の解毒ポーションのおかげで今回の作戦を無事に成功させることができたんだ。団員たちも口を揃えてそう言っているくらいだよ」

私の解毒ポーションが開拓作戦でとても役に立ったらしく、なぜか私まで表彰される側で参加することになった。

簡易的に設けられた壇上に立ち、師団員たちと一緒に周囲の国民たちから視線を浴びている。

なんだかあまり活躍できた実感が湧かないから、ものすごい場違い感を感じるんですけど。

ただ、話に聞く限りだと、確かに私の解毒ポーションは今回の作戦成功の鍵になっていたのだとわかる。

どうやら私が手掛けた解毒ポーションには、ひとつ〝隠された力〟が宿っていたらしい。

コルブス魔占領域の魔物の毒も一瞬で治す、桁違いの解毒効果。

それこそが私の解毒ポーションの強みだと思っていたけど……

実は服用した後も、〝持続的〟に毒の分解が体内で起こるそうだ。

解毒ポーションを飲んだ後、およそ二時間は毒の分解効果が継続する。

そのため新たに別の毒が体に入ってきても、都度ポーションを使う必要がなく自動で毒が消えるらしい。

一時的な毒耐性の獲得。それこそが私の解毒ポーションの真の力で、おかげで団員たちを全員生還させることができたそうだ。

「継続的な解毒効果……。どうして私の解毒ポーションに、それを付与する力が宿っているのでしょうか？」

「これは僕の推測だけど、スピカの解毒ポーションは効果が莫大すぎるんだと思うよ。厳密に言えばこれは、『継続的な解毒効果の付与』じゃない。あまりにも莫大な量の解毒効果を短時間では体内で処理できず、分解効果が持続するんじゃないかな？」

レグルス様は私の隣で国民たちに手を振りながら、囁くように教えてくれる。

けど、正直詳しく理解はできませんでした。

まあとにかく私の解毒ポーションを飲めば、猛毒も一瞬で治せて、しばらく他の毒も効かなくなるそうです。

……我ながらとんでもないポーションだと思う。

「おかげで解毒ポーションの在庫が尽きることもなかったし、最後までみんな万全の状態で戦うことができたよ。これで念願だったコルブス魔占領域の本格開拓を進めることができる。王国のみんなも待ち望んでいたことを、スピカのおかげで叶えることができたんだ」

「…………」

私は周囲を見渡す。

国民のみんなは、師団員の人たちだけにではなく、私にも確かな拍手を送ってくれていた。

そして口々にこんな声が聞こえてくる。

「聖女様、王国騎士団の皆様を守ってくださってありがとうございます！」

「これからもぜひ、この王国のために力を貸してください！」

そんな言葉をもらって、体の内側から嬉しさが込み上げてきた。

私はヴィーナス王国の宮廷から追放されて、自信を完全に失くしていた。

そして自信をつけるためにポーション作りを頑張って、みんなに認めてもらおうと思った。

正直、まだまだ時間が掛かることだと思っていたけれど……

これだけ言ってもらえたら、もう充分だ。

「よかったね、スピカ」

「はい！」

私は心からの笑顔をレグルス様に向けた。

これで私は、赤月の舞踏会に自信を持って参加することができる。

レグルス様の婚約者として、堂々と胸を張って隣に並ぶんだ。

それで必ず私の方から、「好き」って気持ちを伝えてみせる。

一週間後に迫った赤月の舞踏会が、より楽しみになったのだった。

第五章　冷血の片鱗

「す、少し、派手すぎませんかね？」

宮廷内の自室にて。

私は使用人さんたちに着付けてもらいながら、姿見に映る自分を見て不安を募らせていた。

今日はいよいよ、待ちに待った赤月の舞踏会の当日。

夕方の開催に向けて、私は昼の今から使用人さんたちの手により、目一杯めかし込まされていた。

世界三大舞踏会のひとつに数えられている宮廷舞踏会。

かつて王様が王国の復興を赤い月に願い、それが叶ったとして催されるようになった舞踏会だ。

今年はコルブス魔占領域の開拓作戦成功も同時に祝うということで、例年以上の客数と規模になるとのこと。

その舞踏会で私は、大勢の賓客を前にしながら、改めてレグルス様との婚約を発表します。

今の段階ですでに、緊張で心臓が痛いです。

なんで婚姻発表の時に限って、過去最大規模の舞踏会になってしまうんでしょうかね。

そのせいで着替えを手伝ってくれている使用人さんたちも、何やらものすごく気合が入っていた。

「大衆の前での正式な婚姻発表ですので、きちんと目立つ格好をしませんと」

「賓客の方々や爵位などは気にせず、参加者の中で一番美しい姿をしてください。そもそもあなたは秘薬作りの聖女として活躍し、王子の婚約者にも選ばれた人物なのですから、誰もそれを咎めることはしませんよ」

すでに宮廷内の人たちの多くには、レグルス王子との婚約がバレている。

まあ、あれだけ過保護にレグルス様に面倒を見てもらっていたら、気付く人がいても不思議じゃない。

だから使用人さんたちは、私を王子の婚約者として相応しいように煌びやかに着飾ってくれているのだ。

でも、ここまで派手にしなくてもいいのに……

眩(まばゆ)く輝いている純白のドレス。

恐ろしいほど大粒の宝石があしらわれたネックレス。

いつもと違った形でセットされた銀髪には、これまた豪華な髪飾りが着けられている。

ドレスを着たり装飾品を着ける機会が今までなかったわけではないけど、ここまで値が張りそうな格好は初めてでした。

レグルス様に相応しい格好をしなきゃいけないというのはわかっているけど、これだと私が衣装を着ているというより、衣装に着られている気がする。

本当に大丈夫かなぁ。

「あの、スピカ様」

「ひとつだけ、私たちからお尋ねしてもよろしいでしょうか？」

「……？　はい、なんでしょうか？」

着替えもそろそろ終わりに差しかかった時。

何やら改まった様子で、着替えを手伝ってくれている使用人さんのふたりが問いかけてきた。

いったい何事だろうと不思議に思っていると、ふたりは突然前のめりになった。

「レグルス様とはどのようにお知り合いになられたのですか⁉」

「初めにアプローチをしたのはどちらからだったのでしょうか⁉」

「えぇ⁉」

予想だにしていなかった質問が飛んできました。

レグルス様と知り合った経緯？　アプローチをしたのはどっちか？

なんで使用人さんたちがそんなことを気にするんだろう？

「レグルス様は世界随一の魔術師であり、アース王国の希望そのものです。それと同時に容姿端麗かつ品行方正で、国民たちにとっては……特に女性たちには憧れの存在でもあります」

使用人さんは、不意に力強く語り始める。

「そのレグルス様が、これまでに見たことのないようなお顔でひとりの女性を溺愛している。となればファンとして、気にならないはずがないのですよ！」

「おふたりの馴れ初めをどうか！　そしておふたりでいる時のレグルス様のご様子なども、お教えいただけませんか！」

「え、えっと……」

使用人さんのふたりは前のめりな姿勢で、そわそわとした顔を目前まで近づけてくる。

そこまで必死に懇願されてしまったら、無下に断ることもできなかった。

見る限りこのふたりは、レグルス様にとても強い憧れを抱いているようだし。

だから私は、自分が恥ずかしくならない程度に、レグルス様との馴れ初めを語り始めたのだった。

使用人さんたちは私の話を興味津々な様子で聞き、時折頬に手を当てて『キャー！』と小さな悲鳴を漏らしたり、『レグルス様にそんな一面が……！』と驚いた反応を見せてくれる。

それにしても、こんな風にレグルス様に憧れている人はやっぱり多いのかな。

彼は立場も才能も、おまけに整った容姿まで持ち合わせている完璧超人。

よくよく考えたら、憧れている女性が多くいたって不思議ではない。

そんな彼との婚姻を、大衆の前で発表する。

もしかしてこれって、実はとんでもない危険性を孕んでいるのでは？　憧れのレグルス様がどこぞの知らない小娘に盗られた！　絶対に許せない！　みたいな感じで……

今になってその可能性に気が付いて、その不安をふたりに明かすと、意外にも軽い反応が返ってきた。

「いえいえ、その心配はまったくないと思いますよ。あの方はもはや恋愛の対象ではなく崇拝の対象ですから」

「あまりにも雲の上の存在すぎて、自分とどうにかなるという想像すらできませんからね。あくまでも『血染めの冷血王子』は、御伽噺に出てくるような憧れの存在なのです」

だから周りの令嬢たちから恨みを買うようなことはまずないだろうとふたりは言った。

それなら確かに安心ではある。

血染めの冷血王子は恋愛対象ではなく崇拝対象、というのもなんだか納得できる話だし。

宮廷舞踏会の場で背中から刺されるという悲惨な未来は、なんとか回避できそうです。

と、そこで私は、不意にまたひとつ気になることをふたりに尋ねた。

「レグルス様は本当に、血染めの冷血王子なのでしょうか？」

「「……？」」

「あっ、いえ、私も隣国にいた時にお噂を聞いただけなんですけど、とてもレグルス様がそう呼ばれる人物だとは思えなくて……」

敵国の兵士に慈悲はかけず、返り血に塗れたその姿からそんな異名が定着した。

それは果たして事実に基づいた話なのだろうか？

今日まで一緒に過ごしてきて、レグルス様はとてもお優しい方だとわかった。

そしてそれは私に対してだけではない。誰にでも分け隔てなく優しく接している。

そんな彼が、敵国の兵士に対して慈悲をかけず、返り血に塗れるなんてことが本当にあるのかな？

彼の圧倒的な強さを目の当たりにして、敵国の兵士が絶望感からそんな異名をつけたとかじゃないんだろうか？

「私たちも実際に見たわけではないのですが……」

「同じ師団の騎士様から聞いた話ですと、レグルス様はご自分が大切になさっているものが傷付けられそうになると、少し冷静さを欠いてしまうところがあるそうです」

「大切にしているもの？」

使用人さんたちは、顔を見合わせてから続ける。

「特に物ではなく、家族、友人、部下などに危険が迫ると、感情が昂(たかぶ)って力が過剰に溢れてしまうのだとか」

「ですから血染めの冷血王子の異名は、敵国の兵士に慈悲をかけなかったわけではなく、大切なものを絶対に守ろうという強い意思があらわれた結果……とのことですよ」

「…………」

それもまた、なんだか納得できるような話だ。

あの方は大切にしているものを守ろうという意思が強いから。

きっと敵国との戦争で部下が殺されそうになり、必死に守った結果が返り血に塗れた姿だったのだろう。

確か目を失ってしまったのも、魔物の攻撃から仲間を庇ったからだと聞いたし。

本当はとても優しい人なのだと、いつかみんなに知ってもらいたいと私は思った。

アース王国の宮廷の敷地内。

南側の入口から入って左手西側に宮廷劇場がある。

身支度を終えてその劇場まで向かうと、入口付近にはすでに大勢の賓客が集まっていた。

この国での生活がまだ短いから、正直顔も名前も知らない人たちが多いけど、やはり何やら高貴な雰囲気を感じる。

加えてアース王国宮廷劇場の背景も相まって、ものすごく上品な空気が流れてきていた。

ていうか、遠目に見たことは何度もあったけど、こうして実際に宮廷劇場に訪れるのは初めてだ。

純白の外観が夕日に照らされて、ほのかに赤らんでいるように見える。

劇場の内部からは楽団による演奏がすでに聞こえてきていて、着飾った子息令嬢たちがその中へと吸い込まれるように入っていった。

いつも以上に賑やかな音が宮廷全体に響いていて、私は人知れず呟く。

「赤月の舞踏会、ついに始まるんだ……！」

高揚する気持ちを抑え切れず、思わず全身をぶるっと震えさせていると……

「綺麗だね、スピカ」

「あっ、レグルス様」

そこにレグルス様が声を掛けてきた。

見ると彼は、普段の王国騎士の格好ではなく、黒の燕尾服に身を包んでいる。

いつもの雰囲気と違う華やかな姿につい呆然と見惚れてしまうけれど、すぐに私は我に返って答えた。

「や、やはり少し派手すぎませんかね？　初めて参加する宮廷舞踏会でこのような格好をしていたら、ただの出しゃばりだと思われてしまうんじゃ……」

「僕は逆に大人しいくらいだと思っているよ。スピカはもっと目立つ格好をしてもいいと思う。そもそも今回の舞踏会はコルブス魔占領域の開拓成功の祝いも兼ねているわけだし、功労者の君はいわば主役なわけだからさ」

「そう言われましても……」
身分からいうと、私は隣国の貧乏伯爵家のただの小娘なんですよね。
本来であれば宮廷舞踏会に招かれるような資格すらない貧弱な立場。
この重鎮たちを前に主役的な立ち回りをするのはなかなかに気が引ける。
私の顔なんてまったく知られていないだろうし。
……いや。
そうだよ、私は自分に自信を持つと決めたばかりじゃないか。
レグルス様の婚約者として堂々と胸を張って、舞踏会に参加すると。
私はポーションを作って王国騎士の活動に貢献した。
貧乏伯爵家のただの小娘じゃない。
秘薬作りの宮廷薬師スピカだ。
顔を知られていないのなら、今回の舞踏会で覚えてもらえばいいだけのこと。
改めて自信を持つことを決意すると、私はレグルス様を見て遅れて返した。
「レグルス様も、とてもよくお似合いです」
「ありがとう、スピカ。それじゃあ、さっそく行こうか」
私はレグルス様に手を引かれながら、宮廷劇場へと入っていった。
基本的に舞踏会の流れは、ある程度決まりがある。

一曲目が始まると、参加者の中で一番身分の高い男性が、パートナーもしくは指名した女性と踊ることになっている。

それを皮切りに他の参加者たちも踊り始める、というのが世界共通の一連の流れだ。

けれど赤月の舞踏会では、そのような決まりをすべて取り払っているらしい。

赤月の舞踏会は自由と解放がテーマであるため、煩わしい決まりに縛られることのないようにそうしているのだとか。

参加者は思うままに振る舞うことを許されている。気になる相手と踊るもよし、盤上遊戯に興じるもよし、演劇を楽しむだけもよし。

そしてそんな中で、私はというと……

宮廷劇場の別室で、豪華な食事に目を奪われていた。

「お、美味しそぉ……！」

テーブルに並べられた豪勢な料理の数々。

こんがり焼けたチキンにこれでもかとチーズを溶かしてかけたもの。

様々な種類を取り揃えた焼き立てのパンたち。

旬のフルーツと高級なクリームをふんだんに使った夢のようなケーキ。

それ以外にも目を引かれるような料理がたくさん並べられていて、これがすべて食べ放題だという。

正直、ここだけで丸一日過ごせそうなくらい充実していた。

舞踏会の別室には軽食が用意されていることがほとんどだ。

そこで踊り疲れた人たちが喉を潤したり小腹を満たしたりする。

でも、赤月の舞踏会の食事は、もはや世界的に有名な美食家たちが集う晩餐会と何ら遜色がなかった。

「申し訳ないね、婚約者の君を他の男性と踊らせるわけにはいかないから、少しの間ここにいてもらってもいいかな」

「はい、そうしていますね」

というか、むしろありがとうございます！

宮廷で出される料理はどれも美味で、いつもありがたく頂戴している。

そして今日はその宮廷料理人が一層腕によりをかけて食事を用意してくれたとのことで、私としては絶対に食べ逃すわけにはいかない。

私は別に誰か踊りたい相手がいるわけでもないし、こうして舞踏会の賑わいを遠巻きに聞きながら美食に舌鼓を打っている方が性に合っている。

そもそも私、レグルス様の婚約者なので、別の殿方と踊るつもりは毛頭ありませんから。

プログラムでは三曲目が終わったタイミングで、王国騎士団の第一師団から軽く作戦に関する報告を行うという。

そして同時にレグルス様が私との婚姻を発表するとのことだ。

そのため私は婚姻発表までは男性からのお誘いを受けないよう、別室に案内されて少しの間待つことになったわけだ。

むしろ私としてはご褒美みたいなものですよ。

まあ、あまり食べすぎてみっともないお腹になるのだけは気をつけようと思います。

ただ、いい匂いに我慢ならず、私は直前の誓いも忘れ、料理に飛びついたのだった。

別室で贅沢な料理に舌鼓を打っていると、やがて三曲目の演奏が終わった。

そしていよいよ第一師団の方から、コルブス魔占領域の開拓作戦に関する報告が行われる。

その舞台に私も呼ばれて、第一師団の騎士の数人と一緒に劇場の壇に上がった。

そこから見る景色は、まさに圧巻の一言だった。

数万にも及ぶ蝋燭とランプによって照らされた劇場内。

圧倒されるほどに広大な空間には、端から端まで各界で名の知れた貴族たちが立ち並んでいる。

それを上から見下ろすというのは、なんだかすごく背徳的で、今までに感じたことのない罪悪感が湧いてきた。

まさかこんな景色を拝める日が来るなんて。

人知れず感動を覚えていると、師団長のレグルス様から会場の人たちに向けて作戦報告が始まった。

開拓作戦時のコルブス魔占領域の状況。

出没した魔物の種類や特徴。

侵攻完了までに掛かった具体的な日数。

そして犠牲者の有無の公表の際に、私のポーションに関しての情報も明かされた。

作戦の遂行には欠かせなかったものだと言ってもらって、観客たちの視線が一気にこちらに集中する。

いくら自分に自信を持つことができたからと言って、さすがにこの注目は恥ずかしい。

やがてすべての報告が終わると、賓客たちから盛大な拍手を送ってもらえた。

第一師団の騎士たちと一緒にそれを浴びて、私も何やら誇らしい気持ちになってくる。

私もちゃんとこの国の役に、みんなの役に立つことができたんだなと。

そこで開拓作戦に関する報告は終わり、いよいよ次はあの公表をする時間となった。

「それとここでひとつ、私事ではあるのですが、この場を借りて皆様にお伝えしておきたいことがございます」

レグルス様はそう言うと、こちらに目配せをしてくる。

私は不思議と落ち着いた気持ちで前へ行くと、レグルス様の隣に並んだ。

観客たちの怪訝な視線が集まる。

大勢の人たちに見られているというのは恥ずかしいことではあるけど、私は俯かずに堂々と胸を張った。

「第一王子レグルス・レオは、ここにいる聖女スピカ・ヴァルゴと正式に婚姻を結ぶことをご報告します」

レグルス様の凛とした声が、劇場の中に響き渡る。

瞬間、参加者たちは戸惑いと驚愕の表情をして、一斉にどよめき始めた。

すでにこのことを知っている宮廷関係者や王国騎士たちは、特に反応を示さずに静聴している。

「お借りした場ですので、長々とした表明はここでは割愛いたします。ただ一言、スピカは私にとっての恩人であり、心から慕うかけがえのない女性です。王国のためにも尽力してくれた彼女を、これから夫としての立場で支えていこうと思っております」

レグルス様はそう言うと、今一度劇場内を見渡して一層声を張った。

「まだまだ未熟な私たちですが、これからどうか温かく見守っていただけたら嬉しいです」

それに合わせて私も、劇場にいる人たちに向けて頭を下げた。

すると、舞踏会の参加者たちは……

作戦報告の時よりも、さらに盛大な拍手を送ってくれた。

予想以上の祝福の拍手をもらい、私は安堵と歓喜を同時に覚える。

私の名前はまだそこまで知れ渡っているわけではないので、そんな人物が王太子妃になることに抵抗を覚える人が少なからずいるかと思ったけれど、その心配はなさそうだ。

静かにレグルス様の方を窺うと、彼もまた嬉しそうな笑みを浮かべて私に笑いかけてくれた。

無事に婚姻発表成功です。

その後、再び舞踏会のプログラムの進行に戻った。

楽団による演奏も再開されて、参加者たちは自由に踊り回っている。

そんな中で私は、会場で色々な人たちから話しかけられていた。

開拓作戦での活躍の称賛、王子との馴れ初めに関する問いかけなど。

また、ポーションは今後も一般販売を行うのか、具体的な販路は決まっているのかといった、商談的なものも持ちかけられた。

なんだか一気に人気者になった気分です。

基本的には一緒にいるレグルス様がほとんど対応してくれた。

けど、色々な人たちに揉みくちゃにされたせいで、急にどっと疲れてしまった。

それを悟られたのか、レグルス様が別室で休憩をしようと提案してくれる。

周りが落ち着いたら、いよいよレグルス様と踊れるかと思ったけど、念のために次の曲まで少し休むことになった。

「せっかくの赤月の舞踏会だからね、万全の状態で一緒に踊ろう。だから次の五曲目までは体を休めようか」

「はい、わかりました」

というわけで一緒に別室へと向かう。

婚姻発表後はそれなりに話しかけられると思っていたけど、まさかここまでとはね。

と、その道中でレグルス様が、各界の重鎮の集いに呼ばれてしまった。

さすがにこれを無視することはできず、レグルス様は『先に別室へ行って休んでて』と言ってくれる。

そんなわけで私はひとりで別室に辿り着くと、相変わらずそこには豪勢な食事が並んでいた。

けど今は疲れのせいで食欲が湧かない。

大人しく壁に背を預けて、人の少ない室内を眺めながらレグルス様を待っていると……

「んっ？」

私の次に別室に入ってきた青年が、明らかにこちらに目を留めて駆け寄ってきた。

見たところ私と同い年くらいだろうか。

後ろに流した茶髪に、爽やかな印象を受ける涼しげな目元。

見覚えのない青年ではあったが、彼はこちらに近づいてくると、慌てたように声を掛けてきた。

「あ、あの、聖女スピカ様で、お間違いないですか……！」

「は、はい。そうですけど」

「先ほどの婚姻発表、すごく驚きました……！　あのレグルス様との結婚なんてすごいですね！」

「ど、どうも……」

いったい何事かと思ったけれど、普通に婚姻発表に関して声を掛けにきてくれた人か。

まさか別室の方にもわざわざ来てくれる人がいるなんて。

ちょっと疲れているから、休みたい気持ちはあるけれど。

「そんなあなたに、このようなことを言うのは大変ご無礼かとは思うのですが……」

青年は僅かに青ざめた顔で続けた。

「実は一緒に舞踏会に来た妹が転んで怪我をしてしまったのです。宮廷劇場の救護室で処置は受けたのですが、怪我の具合がよくならず踊れそうになくて……」

「それはまた、とんだ災難を」

せっかく赤月の舞踏会に参加できたというのに、怪我のせいで踊れなくなってしまうなんてとんでもない不運だ。

今回は特に開拓作戦成功を祝って一層豪華になっているし、私だって絶対に踊りたい。

その妹さんを気の毒に思っていると、青年は深く頭を下げて懇願してきた。

「ですので聖女様にお力添えいただきたく、お声を掛けさせていただきました。どうか聖女様の治癒魔法で妹を治してください。もちろん相応の対価はお支払いいたしますから」

「そういうことだったのですか」

わざわざ別室まで追いかけて来たのは妹さんのためだったんだ。

確かに私の治癒魔法なら転んだ怪我くらいならすぐに治せる。

「はい、わかりました。せっかくのこの舞踏会で、思い出が転んだだけになってしまうのはとても切ないですからね。私の力でよければお貸しいたします。あと、お代は結構ですよ」

「あ、ありがとうございます！」

青年は再び深く頭を下げると、『こちらです』と言って妹さんが休んでいる部屋に案内してくれた。

早く治療を終わらせて別室に戻ろう。

お話を終えたレグルス様より早く戻らないと、心配させてしまうだろうし。

それにしても、こうして治癒魔法を頼りにされるのは随分と久々な気がする。

ポーション作りで名を上げてからは、めっきりこれを頼りにする人はいなくなったから。

そもそもポーションの普及によって治癒魔法は無用の長物と化したし。

なんだか久しぶりに聖女としての本来の頼られ方をされて、私は少し懐かしい気持ちになった。

というかこの青年は、自前の治癒ポーションとかはなかったのだろうか？

宮廷舞踏会には怪しいものを持ち込めないので、持ってくることができなかったとか？

いやでも、だとしても救護室には治癒ポーションのひとつくらいは置いてありそうな気が……

そう怪訝に思った辺りで、青年の案内でひとつの部屋に辿り着いた。

彼に『こちらの部屋です』と促されて中に入る。

そこは宮廷劇場における物置部屋のような場所で、本ホールで行われている演奏もほとんど届かず、見る限り人っ子ひとりいなかった。

「あの、妹さんはどちらに……」

と言いながら、青年の方を振り返ると……

「【昏倒の一手（エレク・トリカ）】」

「えっ？」

彼は、私のすぐ真後ろに立って、こちらに右手を伸ばしてきていた。

その手には、青白い稲妻がバチバチと宿っている。

（雷魔法――!?）

気絶させられる！

瞬時にそれを悟ったが、避けることも、悲鳴を上げる余裕すらなく……

私は痛みを覚悟して、目を瞑（つむ）ることしかできなかった。

「………」

……しかし。

一向に、痛みが襲ってくることはなかった。

何が起きたのかと思って、恐る恐る目を開けてみると……

「はぁ、婚姻発表の直後にこれとはね」

「……レグルス、様？」

青年の後ろには、いったいいつの間に追いついたのか……レグルス様が立っていた。

彼は青年の右腕を後ろから掴（つか）んでいて、稲妻が宿った手は私に触れる寸前で止まっている。

青年もこれは予想していなかったのか、目を大きく見張って唖然としていた。

「間に合って、本当によかったよ」

間一髪のところで、私はまたレグルス様に助けられたのだった。

そして心なしか、彼の声はいつもより低く、冷たいものになっている気がした。

「レ、レグルス王子……！」

青年はレグルス様の介入に戸惑いながらも、なんとか拘束を振り払って私たちから距離を取る。

いまだに稲妻が迸（ほとばし）っている手を構えながらこちらを睨んできていて、レグルス様はすかさず私の前に立ってくれた。

「女性を人気のない場所に誘い込み、魔法によって意識を奪おうとしていた。それだけでも重罰だというのに、よりによってスピカを狙うとはね」

レグルス様が冷たい声を発すると、途端にこの場の空気が重たくなる。

彼が心の底から憤っているということが、声と背中だけで直感的にわかった。

「彼女が、第一王子レグルス・レオの婚約者と知っての狼藉(ろうぜき)か」

「くっ――！」

レグルス様の怒りを目の当たりにした青年は、怯えるようにして後方へ走り出した。

出口はお互いの真横の位置にあるので、距離的にレグルス様に捕まると判断したのだろう。

だから後ろに見える窓から逃走を図ったようだ。

けれど……

「【神の怒り(デウス・イーラ)】」

レグルス様がそう唱えた瞬間――

相手の頭上に、『ズガンッ！』と唐突に雷が落ちてきた。

「がっ……あっ……！」

瞬くような閃光が見えたかと思うと、青年はその場で足を止めて硬直しており、衣服のあちこちが焼けて剥がれている。

やがて力なく床に倒れると、レグルス様はその彼の元に歩み寄って膝をついた。

「かなり手加減はしたよ。これなら喋る余裕くらいはあるだろう」

青年の体を押して仰向けにさせると、その顔を覗き込みながら問いかける。

「いったい何が目的でスピカを襲おうとしたんだ？」

「…………」

いつになく尖りのある声音で尋ねるが、青年はレグルス様から視線を逸らして黙秘する。

何かを隠しているのか、徹底して黙り続けるつもりのようだった。

「……そうか」

青年のその態度を見て、レグルス様の声音がさらに冷たくなる。

「手心を加えられて、少し安心しているみたいだね。なら、こうするか」

ゴキッ！

前触れもなく、鈍い音が鳴った。

見ると、青年の右手の人差し指が、ありえない角度で曲がっていた。

「う、があぁぁぁ！！！」

「こう見えても僕は今、相当気が立っている。魔法に手心を加えたのはあくまで君を尋問するためだ。僕を優しい人間だと思わない方がいい」

レグルス様の目が、冷酷に細められていく。

傍からそれを見ていた私は、思わず息を詰まらせて背筋を震わせた。

レグルス様が、こんなに怖い顔をするなんて。

初めて会った時も、私を連れ去ろうとした人攫いに対して冷たい態度をとっていたけれど、今はあの時以上に強烈な気迫を感じた。

「なぜスピカを狙ったんだ。王子の婚約者として攫って、王家に身代金でも要求するつもりだったのか」

「い、言わ、ない……！」

「…………」

青年が抵抗し続けて、レグルス様の目がさらに細くなっていく。

次いで右手を伸ばして青年の襟元を掴むと、顔を近づけてさらに威圧した。

「奇しくもこの舞踏会は、赤月の舞踏会と呼ばれている。それに相応しくなるよう、月が覗く天窓を君の血で赤く染め上げてみようか」

刹那、レグルス様の体から、黒い風のようなものが迸った。

これはもしかして、可視化された〝黒魔力〟？

高い魔力を持つ者は、感情の激動によって魔力が外部に漏出し、可視化まで されると聞いたことがある。

レグルス様の黒魔力はあまりの激情によって荒ぶり、肉眼ではっきりと映るまでになったみたいだ。

それほどまでに凄まじい怒りを燃やしている証拠。

異名通りの血染めになってしまう前に、レグルス様のことを止めなければと思った。

けど、荒波のように押し寄せてくる威圧感に全身が強張って声も出せなくなってしまう。

私のためとわかっているからこそ、彼に命を殺めるようなことはしてほしくない……！

青年もひどく怯えた様子になるが、それでも頑なに口を割ろうとしなかった。

レグルス様の黒魔力が、さらに激しく渦巻いた。

「そこまでだ、レグルス君」

「――っ！」

その時、不意に部屋の出入口の方から、聞き慣れた声が聞こえてきた。

第一王子に対してこんな接し方ができる人は……

「カ、カストル様……？」

そこには第一師団の副師団長、カストル・ジェミニ様が立っていた。

カストル様はこちらに対して軽く手を上げると、レグルス様に諭すような声音で告げる。

「何が起きたのかはだいたい想像ができるが、ここは一旦冷静に行こうぜ。下手に騒ぎを大きくしたくない」

「も、申し訳ございません」

口に人差し指を当てるカストル様を見て、レグルス様は冷静さを取り戻していった。

黒い旋風も緩やかに落ち着いていき、私も詰まっていた息をゆっくりと吐き出す。

とてつもない緊張感だった。

魔力の可視化なんて初めて見たし、レグルス様があそこまで感情を乱すなんて。

カストル様が来てくださって、本当によかった。

楽団による演奏のおかげでこの騒ぎはメインホールの方には聞こえていないらしく、カストル様は黒魔力の気配をただひとり感じ取って様子を見に来てくれたらしい。

そんな彼に、簡潔に事の経緯を説明する。

話し終えると、カストル様はあらかた予想できていたらしく、得心したように頷いていた。

色々と鋭い人だ。

「つい感情が昂ってしまい、強引な手に出てしまいました。冷静になるべき場面だったと反省しております」

「まあ、気持ちはわかるがな」

カストル様は私の方を見る。

レグルス様はたぶん、私が傷付けられそうになったからここまでの憤りを見せたんだ。

つい数時間前に使用人さんたちから聞いた、『血染めの冷血王子』たる由縁の片鱗を見たような気がする。

『レグルス様はご自分が大切になさっているものが傷付けられそうになると、少し冷静さを欠いてしまうところがあるそうです』

『特に物ではなく、家族、友人、部下などに危険が迫ると、感情が昂って力が過剰に溢れてしまうのだとか』

彼女たちが言っていたのはこういうことだったのかもしれない。

私もレグルス様に大切にしてもらっている人のひとりだとわかって嬉しく思うが、なんだか複雑な気持ちも湧いてくる。

「けど、ただ感情的にぶつかっても相手の口を割らせることはできないよ。とりあえずここは俺に任せてくれ」

レグルス様の肩に手を置きながらカストル様はそう言うと、いまだに倒れている青年に近づいて顔を覗き込んだ。

「なんでこんなことしちゃったの？　スピカちゃんに一目惚れでもしちゃった？」

「…………」

冗談交じりの問いかけに対して、青年は相変わらずそっぽを向く。

取りつく島もない様子に、カストル様でも尋問は難しいかと思っていると……

「んっ？　確か君、レプス侯爵家の跡取り息子じゃなかったか？」

「――っ！」

青年はハッとした様子で息を呑んだ。

カストル様は顔が広い。

レグルス様が王国騎士団に入るまでは、第一師団の師団長を長年務めていた実績もある。

人当たりのよさから今回の舞踏会でもたくさんの人たちと交流している姿を見たので、おそらく招待参加者の中で知らない顔はないのではないだろうか。

どうやらこの青年にも見覚えがあるらしい。

「キルキヌス公爵家に騎士修行に来ていた子だろ。何度かあの家の屋敷ですれ違ったはずだが覚えていないか？　名前はえっと……アルネブ君だよな？」

そう呼ばれた彼は気まずそうな顔をする。

わかりやすく表情を変えたので合っているようだ。

「勤勉で努力家、騎士修行もつつがなく終えて、かなり優秀だったって聞いているよ。物腰も柔らかくておまけに家族思いで、悪い評判はまったく聞かなかったんだけどな」

アルネブと呼ばれた青年は、カストル様の言葉を聞いて一層気まずい顔になっていく。

その表情からはどことなく、申し訳なさそうな雰囲気が伝わってきた。

「何か理由があるんだろ？　君ほどの人物がここまでしなきゃいけない理由が。それを解決してやると断言はできないが、少なくとも君の力にはなってみせるよ。だからよかったら、俺たちに話してくれないか？」

「…………」

優しく距離を縮めようとするカストル様。

その優しさに心を動かされたのか、アルネブは苦しそうな顔で涙を滲ませる。

やがて彼はゆっくりと、重く閉ざされていた口を開いて話し始めた。

「……妹の、ためなんです」

「妹のため？」

アルネブのその一言に、カストル様だけでなく私とレグルス様も首を傾げる。

私をこの部屋に誘い出し、魔法によって気絶させようとしたのが妹のためとはどういうことだろう？

「妹ちゃんは確か、ハミル・レプスって言ったか？　歳は十二かそこらの」

「はい。その妹のハミルのために、僕は聖女様を連れ去らなければならなかったのです」

カストル様がこちらを見て、三人で怪訝な顔を見合わせることになる。

まるで話が見えてこなかった。

妹さんのために私を誘拐する必要があったの？

それっていったいどういう状況？

「僕とハミルは、二週間前に赤月の舞踏会の招待状をもらいました。それで妹はすごく喜んでいて、張り切って一週間前からふたりで王都に来ていたんですが……」

アルネブは悔やむような顔で続ける。

「店で食事をしている時、会計を済ませるために僕は席を外したんです。ほんの一分ほどの時間だったんですが、席に戻ってみると妹の様子が少しおかしくなっていて……」

「おかしく？」

「意識が朦朧としていて、まるで高熱を出しているみたいに苦しがっていたんです。それまではとても元気だったはずなのに」

次いでアルネブは、衝撃的な事実を口にした。

「そして卓には、妹に強力な〝呪い〟を掛けたという旨の手紙が残されていました。妹は、何者かに意図的に呪いを掛けられてしまったんです」

「の、呪い……」

私たちは顔を見合わせて言葉を失くす。

まさか魔物を利用して、人為的に他人に呪いを掛ける人がいるなんて。

あまりにも非人道的な所業だ。

なんだか今回の話が見えてきた気がする。

「まさかあんな人の多い場所で、たったあれだけの時間で妹に何かされるなんて思わなくて……」

「もしかして手紙には、〝交換条件〟のようなものでも書いてあったのか？」

「は、はい。ハミルの呪いを解く条件として、『赤月の舞踏会の開催中に聖女スピカを攫い出し、指定の場所に連れてこい』と記されていました。舞踏会終了までに聖女スピカの捕縛が確認できなかった場合……妹の命はないと」

「…………」

卑劣だ。

大切な妹さんに対して呪いを掛けて、家族思いの彼を利用するなんて。

「なるほどな。だからアルネブ君はスピカちゃんを攫おうとしていたってわけか。でもどうして騎士団とかに相談しなかったんだ？」

「他言は許さないという旨も手紙に書いてあったからです。だから僕は、他にどうしようもなくて、聖女様のことを……ほ、本当に申し訳ございません！」

アルネブは再び涙を滲ませる。

妹さんの命が何よりも大切だったのだろう。

周りに相談することも許されていなかったから、仕方なく犯人の言う通りにしてしまったんだ。

正直、どこまで犯人の手が回っているかわからないから、そうするしか手はないよね。

考えたくはないけれど、王国騎士団の中にまで犯人の手が及んでいる可能性だってあるから。

それでやむを得ず私のことを誘拐しようとしていたってことなら、無闇に咎められるはずもない。

私は彼のことを許して、それを示すために折れた指に治癒魔法を掛けてあげようとした。

するとそれを、隣に立つレグルス様が片手で制してきて、代わりに彼にあるものを手渡す。

「これを飲むといい」

「レグルス、王子……？」

「スピカが作ったポーションだ。君が辛い立場にいることを知らず、手荒な真似をしてすまなかった」

アルネブは目を丸くして固まる。

自分が許されると思っていなかったのだろう。

やがて彼はレグルス様からポーションを受け取り、涙ながらにそれを飲み干した。

すると折れていた指は一瞬にして完治し、アルネブは驚愕した様子で自分の指を見つめる。

私のポーションの効果を見るのは初めてのようだ。

「にしても、いよいよスピカちゃんを狙う奴が出てきたか。でもわざわざアルネブ君を通してスピカちゃんを捕まえようとしているのは回りくどいなぁ」

「スピカは基本的に安全な宮廷で作業をしているので、犯人が接触できる機会がなかったのではないでしょうか？」

レグルス様は冷静な様子で見解を話す。

「スピカは町で露店販売もしていますが、盛況で常に彼女に視線が集まっています。でなくても僕かベガが付きっきりなので、手出しができる状況ではないと判断したのかもしれません」

「それで赤月の舞踏会に参加している招待客に誘拐を実行させたってことか。確かに招待客なら自由に宮廷に出入りできるし、今日なら付き人のレグルス君も多忙なタイミングだからな」

付き人という言葉につい苦笑を浮かべてしまう。

私を誘拐するなら絶好の瞬間というわけだ。

逆にいえば今日のこの瞬間しかなかったとも言える。

それほどまでにレグルス様の、私に対する守りが厳重だったという証拠。

「ということは、僕は最初から犯人に目を付けられていたってことですか？」

「おそらく招待客についても事前に調べていたんだろうな。その中から御しやすい人物を探して、結果アルネブ君が選ばれたってことだろ。君が妹ちゃんと一緒に前もって王都に来ることも、きっと掴んでいたんだと思う」

「…………」

アルネブは顔を青ざめさせる。

彼が妹さんと王都に来たのは一週間前と言っていたので、情報を掴んだのはさらに前の話だろう。

犯人はかなり前々から私の誘拐計画を練っていたらしく、そこに執念のようなものすら感じて私も背筋を震わせた。

同時に、アルネブの家族愛につけ込むような悪質な手口に、静かに怒りを燃やす。

「スピカちゃんを狙う真意についても気になるところだが、ひとまずはアルネブ君の妹ちゃんを助ける方法を考えた方が良さそうだな。差し当たって何か良案はあるかい、レグルス君？」

「……難しい状況ですね。呪いを解くには元となった魔物を倒すしかありませんし、当然犯人はその魔物をどこかに囲っていると思います。自力で探し出すのはほぼ不可能でしょう。そうでなくとも、他にも犯人の息が掛かった招待客がいるかもしれませんから、話を広げて応援を頼むのも危険ですし」

王国騎士たちに応援を頼めれば、大人数の捜索で魔物を見つけることもできたかもしれない。けれど他言したことを犯人に悟られたら、その時点で遠方に逃げられてしまう可能性がある。

図らずも事情を知ることができたこの少人数だけで、問題解決にあたった方がいい。

でも、犯人の素性もまるで掴めていなくて、妹さんの命を握られている今、圧倒的にこっちが不利だよね。

正直、ここから動ける気がしない。

こうして四人でくすぶっている状況も長く続けるのは危険だと思うし。

それならもう、いっそのこと……

私はのそのそと手を上げながら提案した。

「私が囮（おとり）になる、というのはどうでしょうか？」

「囮？　どういうことだい、スピカ？」

その言葉の響きに不穏なものを感じたのか、レグルス様が怪訝な表情で尋ねてくる。

心配させてしまうかと思ったけれど、私は自分の考えを伝えることにした。

「犯人の手がどこまで及んでいるのかまったくわかりません。このまま私がホールに戻った時点で、捕縛が失敗したと判断されて犯人に逃げられてしまう可能性があります。ですから一度、私がちゃんと捕まったことにするんです」

「捕まった〝フリ〟をするということか？」

「はい。私はアルネブに捕まったフリをして、指定の場所まで連行される。レグルス様たちにはその場所の周りに潜んでもらい、犯人が現れたのを確認したのち確保に入っていただく。というのはどうかなと」

向こうもさすがに私自身がアルネブと協働して囮をしているとは思わないのではないだろうか。

犯人側から見れば、アルネブはきちんと命令を遂行して私を攫ってきたように思えるだろう。ただ、それほどまでに危険な作戦ということでもある。

当然レグルス様は、私の身を案じて強くかぶりを振った。

「そんな危険な真似を君にさせられるはずないだろ……！　万が一、僕たちの介入が遅れてみすみす君を連れ去られてしまったらどうするんだ？」

「ですがそうしなければ犯人の尻尾は掴めません。現状で何も手掛かりがありませんから、時間も人手も限られている今、この方法が最善かと」

「…………」

レグルス様は顔をしかめて黙り込む。

アルネブの妹さんは呪いを掛けられていて、向こうだけが解呪の手段を持っている。

もうこちらは後手に回るしかない状況なんだ。

いわばこれは人質交換。妹さんの呪いを解く代わりに私が犯人に捕まる苦肉の策である。

私を心配してくれているレグルス様は納得できない作戦だろうけど、今はこれしかない。

「ま、こうして話している今も怪しまれている可能性があるからな。心苦しい限りだが、スピカちゃんには一肌脱いでもらうとしようぜ。それに犯人の目的はわかっていないが、彼女を捕まえようとしている以上は殺される可能性も低いと思うからな」

「そ、そうです、ね……」

カストル様の説得で、レグルス様は鈍いながらも頷きを見せた。

納得した、というより、それ以外に方策がなくて渋々といった様子が見て取れる。

もう少し時間があればまともな策も練れただろうけど、今はこれで妥協するしかない。

時間制限は赤月の舞踏会が終了するまでなのだから。

「僕の妹のために、そこまでしていただけるなんて……。本当になんとお礼を言ったらいいか」

「いえ、見方によっては私が巻き込んだと言えなくもありませんから。なんとかして妹さんを助け出しましょう」

アルネブは深く頭を下げた。

それから彼に、指定された場所を教えてもらい、レグルス様とカストル様はその場所を聞いて顔を見合わせる。

「指定場所はまさかの王都内か。今は使われていない廃れた酒場跡。まあアルネブ君ひとりでスピカちゃんを連行するわけだからな、そこまで長距離の移動はさすがにさせないか」

「東地区の端の裏通りには空き家も多いですし、そこまでなら人目にもあまりつきませんから。指定場所に選ぶなら妥当なところかと」

「よし、じゃあ俺とレグルス君はこのまま何事もなかったかのようにホールへ戻るから、スピカちゃんはアルネブ君と一緒にそこまで向かってくれ」

レグルス様とカストル様は、なんとか赤月の舞踏会を自然に抜け出して、指定の場所に張り込んでくれるという。

そして私からの合図を受け取ったら、すぐに駆けつけてくれるとのことだ。

自分から提案しておいて、情けない限りではあるんだけど、今の段階でものすごく怖い。

「ちなみに、どうやって気絶させたスピカちゃんを宮廷内から運び出すつもりだったんだ？まさかそこは無策ってわけじゃ……」

「距離は短いですが、僕は転移魔法が使えます。あらかじめ宮廷付近に借りた宿屋に転移地点を設置していますので、それで宮廷から脱出しようと」

「そういえばアルネブ君の魔力は、闇魔法が得意な紫魔力だったな」

転移魔法。

闇魔法の一種で、離れた空間に瞬間的に移動ができる。

基本的には闇魔法を得意とする紫魔力の持ち主しか実用的に扱うことができない。

適性がある人物でさえ目の届く範囲ほどしか移動ができず、一度の使用で魔力枯渇に陥るほど扱いが難しい魔法だ。

だから近くの宿屋まで転移できるだけでもかなりの使い手という証拠である。

まあ万能な黒魔力持ちで、魔力の総量も桁違いなレグルス様だったら、隣町くらいまでなら移動ができそうな気はするけど。

ともあれ今後の行動方針が決まり、私たちはさっそく動き出すことにした。

レグルス様とカストル様は部屋の外へ、私とアルネブは転移魔法で付近の宿屋へ向かう。

と、アルネブが転移魔法の準備をしている時、後ろの方からレグルス様とカストル様の会話が聞こえてきた。

「にしても、犯人は本当に何がしたいんだろうな。スピカちゃんを拉致しても、どうせすぐに騒ぎは広まって犯行は明らかになるだろうに。そもそも彼女を捕まえて何をしようっていうのか」

「以前にも似たような人攫いに遭いかけています。その連中は聖女の力を狙っていたので、今回の犯人も同じような目的でスピカを捕らえようとしているのではないでしょうか。まあ、理由はなんだって構いませんよ……」

瞬間、心なしかこの場の空気が、唐突に重たくなったように感じた。

「必ず犯人を捕まえて、この手で罰するだけですから」

「………」

レグルス様は、この部屋に駆けつけてきたとき以上に、声音が冷たいものになっていた。

アルネブの転移魔法の準備が整い、私たちは宮廷から脱出することになった。

「それでは参ります」

アルネブの肩に手を置いて、一緒に転移することになる。

転移魔法の存在そのものは知っていたけど、こうして体験するのは初めてのことだ。

正直少し不安です。

「【時空の跨ぎ(トランス・ポート)】」

アルネブがそう唱えた瞬間、彼の周りに紫色の薄い光が発生した。

私もその光に巻き込まれて、そのままじっとしていると、パッと目の前の景色が一瞬にして切り替わる。

そこはもうすでに、赤月の舞踏会の会場だった宮廷劇場の部屋ではなく、見覚えのない木造りの家屋の室内だった。

ここが話に聞いた、宮廷近くに確保してあるという宿屋の部屋だろうか。

本当に一瞬で別の場所へと転移してしまった。

「これが転移魔法……。こんなにも簡単に宮廷内から抜け出すことができるんですね」

体には特に転移魔法による変化はなかった。

空気の香りが若干変わったくらいで、痛みも異常も何もない。

これほど便利な魔法があったなんて。

と思っていたら、私の隣で立っていたはずのアルネブが、床にへたり込んで苦しそうにしていた。

「はぁ……はぁ……！」

「だ、大丈夫ですか？」

「申し訳、ございません……！　転移魔法は、かなりの魔力を消費するので……！　一度の使用だけで、こうなってしまうんです……」

息も絶え絶えにそう語る様子から、魔力の過剰消費による疲労が窺えた。

便利な魔法かと思ったけど、一度の使用でここまで消耗してしまうのは万能とは程遠い。

まあ、レグルス様とカストル様が先に周辺に張り込めるように、私たちは少し遅れて指定場所に向かうことになっている。

彼には楽になるまで休んでもらうとしよう。

近くに椅子でもないかと思って周りを見渡すと、私は部屋にあったベッドに目を留めた。

そこで少女が眠っていることに今さらながら気が付く。

十歳前後と思しき長い茶髪の少女。

意識はないようだが、高熱を出しているみたいに苦しそうな声を漏らしている。

長いまつ毛や目鼻立ちの整った顔に、どことなくアルネブに似た雰囲気を感じ取って、私は尋ねた。

「もしかして彼女が、呪いを掛けられたっていう……」

「そう、です……。僕の妹の、ハミルです」

やっぱりそうなんだ。

彼女がアルネブの妹さんのハミル・レプス。

話に聞いていた通り呪いを掛けられていて、かなり苦しめられているみたいだ。

悪夢にうなされているのか、布団の端をぎゅっと握り締めながら息を荒くしている。

「犯人に呪いを掛けられてからずっとこの調子で。意識が戻って食事などができる時もあるんですけど、一昨日辺りから呪いが強くなってずっと動けずにいて……」

「早く呪いを解いてあげた方がいいですね」

これが犯人に掛けられた呪い。

見たところ強い衰弱効果を与える呪いのようだ。

こんなことを言いたくはないけど、時間はあまりなさそうである。

言ってしまえばこれは私が巻き込んだわけでもあるから、絶対に助けてあげないといけない。

私はハミルの額に手を当てて、ゆっくりと撫でながら悔しい気持ちを吐露した。

「私が治癒魔法で治してあげられたらよかったんですけど」

「治癒魔法で治す？　魔物の呪いを？」

「大昔に別の国に『大聖女』様という方がいらっしゃったみたいで、歴代でも最大の白魔力の持ち主だったそうです。その方は呪いすらも打ち消せるほど強力な治癒魔法を扱うことができたそうですよ」

「の、呪いから救えるほどの治癒魔法……!?」

初耳だったのか、アルネブは大口を開けて驚愕を示す。

まあ、大昔のことだから今の人たちにはあまり馴染みのない話かもしれない。

私も聖女になった時、歴代の聖女様について勉強をしなければならず、その時に知ったことだから。

大聖女ザニア。

かつてユラナス王国で聖女を務めていた女性。

歴代でも最高位の白魔力を有していて、その治癒魔法は魔物の〝呪い〟すらも打ち消すことができたという。

当時のユラナス王国は特に魔物の呪い被害が深刻だったため、聖女ザニアの顕現（けんげん）はまさに女神降臨（こうりん）にも等しかったと歴史書に綴られている。

そしてザニアは国民たちだけでなく、他国で呪いに苦しめられている人たちも救い、その功績から『大聖女』という呼び名を得たとのことだ。

「けれど今世代まで同じだけの力を持つ聖女はひとりとして現れていません」

それほどまでに呪いの治療は困難で、ザニアの白魔力が規格外なほど強大だったという証明でもある。

「もし私が同じだけの力を持っていたとしたら、この子の呪いだってすぐに治してあげることができたんですけど」

「い、いえ、聖女様がそのようなお顔をする必要はありません。僕が大切な妹から目を離して、守ることができなかったのが悪いんですから」

お互いに悔しい気持ちを吐き出す。

いや、ふたりして辛気臭くなっている場合ではない。

犯人を上手く捕まえることができれば、彼女を苦しめている呪いを解くことはできるのだから。

ここは後ろ向きにならず気を引き締めていこう。

「体が充分に休まりましたら、すぐに指定の場所へと向かいましょう」

「はい、わかりました」

犯人が指示してきた期限は赤月の舞踏会の終了まで。

それまでに私を宮廷から連れ出して、東地区の酒場跡に誘拐しろと命じてきた。

舞踏会の終了は二十四時で、現時刻は二十時のため残り四時間の猶予はある。

けれど、妹さんの体を少しでも早く楽にしてあげるために、なるべく急いだ方がいいだろう。

それから私は、アルネブの回復を待ち、頃合いを見てから犯人の指定した場所へ向かったのだった。


私は手足を縄で緩く縛られて、荷車に乗せられた。

怪しまれないようにいくつかの荷物も一緒に乗せていて、私には布が掛けられる。

これで指定場所の東地区の空き家地帯に向かうとのこと。

乗り心地はさすがにいいとは言えず、アルネブは終始申し訳なさそうにしていた。

ちなみに犯人が見ている可能性を考慮して、直接話すことはもうしない。

やがて荷車が止まり、布の隙間から外を窺うと、荒れ果てた木造りの建物に辿り着いていた。

埃だらけの屋内に、割れている窓。二枚扉は片方が外れていて風でギィギィと揺れている。

辺りにも似たように崩れかけている家屋が密集していて、確かに人目はまったくなかった。

王都内にこんな場所があったなんて。

王都はとても広く、端から端まで見て回ったことがなかったからまったく知らなかった。

アルネブは荷車の中からランプを取り出すと、灯りを点けて周囲を照らす。

そして拘束している私を荷車から抱え上げると、荒れた酒場跡へと入って比較的綺麗な床に寝かせてくれた。

私は気を失っているフリをしながら、薄目で周囲を確認する。

どうやら犯人はまだ来ていないらしい。

具体的に時間を指定されているわけではないので、向こうが来るタイミングはまったくわからないな。

期限は一応、赤月の舞踏会の終了までなので、それまでには確実に現れるとは思うけど。

アルネブは周囲を見渡しながら、そして私は気を失ったフリをしながら待つことにする。

ついでに私は頭の中で今後の流れについて復習しておくことにした。

今、この酒場の周りのどこかに、レグルス様とカストル様が潜んでいるはず。

パッと見た限りではふたりの気配を感じなかったけれど、彼らならきっとどこかにいるはずだ。

そして犯人が現れて、確保の機会だと思ったら、私は彼らに合図を送る。

『合図にはこれを使うとしよう。僕が騎士たちに指示を出す時に使っているホイッスルだよ。犯人捕縛の機会、もしくは身の危険なんかを感じたら、すぐにこれを吹いて僕たちに知らせてほしい』

レグルス様から託されたホイッスルが、きちんと懐に入っている感触を確かめる。

拘束も見かけだけで緩めにしてもらっているから、すぐにこれを解いてホイッスルを鳴らすことができる。

ひとつ不安を挙げるとすれば、ちゃんと外まで音が届くかということだけど、そこはまあ私が頑張るしかないだろう。

息を思い切り吸って、レグルス様から託されたホイッスルに目一杯注ぎ込めば大丈夫。たぶん。

ていうかこれって、今思ったんだけど、レグルス様との間接キ……

「…………」

いやいや、真面目な場面で何を考えてんの。

恥ずかしがっている場合でも意識している場合でもないでしょ。

私自身の命にも関わっていることかもしれないんだから、ちゃんと思い切り吹いてレグルス様たちに知らせないと。

ギィ。

そんなことを考えていると、やがて扉の方から物音が聞こえてきた。

薄目を開いてそちらを伺うと、そこには黒ずくめの人物が月明かりを背景に立っているのがわかる。

全身に黒衣を纏い、目深にフードを被っている怪しげな人物。

素顔は見えず、ほっそりとした体躯なので男性か女性かも定かではない。

この人物が、私を攫うようにアルネブを脅している犯人なのだろうか。

複数人の可能性も当然考えていたんだけど、見る限りひとりしかいない。

今すぐにでもホイッスルを吹きたい気持ちを、私はぐっと抑え込む。

もし人違いの場合は共謀作戦が無駄になるので、辛抱強く堪えて待っていると……

「指示通り聖女を攫ってきたようですね」

犯人は向こうから自らの正体を明かしてくれた。

この黒ずくめの人物が犯人で間違いない。

声を聞く限りは男性。誰かの声に似ているような気もするけどパッとは思いつかない。

ここでホイッスルを吹いてしまってもいいんだけど、もう少し様子を見る。

理想を言えば、アルネブの妹さんの呪いが解ける見込みが立った瞬間だ。

下手をすれば、レグルス様たちに捕まった瞬間に開き直って、妹さんの呪いを解かない可能性もあるし。

今はまだ彼女を人質に取られている状態。アルネブもそれを理解しているので、落ち着いて犯人の言葉を待っている。

「では、彼女をこちらへ」

犯人からその声を受けて、アルネブは否定的な言葉を返す。

「待て、まずは妹のハミルの呪いを解くのが先だ。でなければ聖女を引き渡すことはできない」

「…………」

私を引き渡した瞬間、向こうはそのまま逃げ出す可能性がある。

逆にアルネブはすでに聖女誘拐という重罪を犯している立場のため逃げ出せる状態ではない。

向こうから見ればそういう状況なので、譲歩してもらえる可能性があるとアルネブは考えたのだろう。

しかし犯人は……

「いえ、先に聖女の方です。でなければあなたの妹の呪いは解きませんよ」

「……っ！」

こちらを警戒しているのか、犯人は首を縦に振ることはしなかった。

共謀がバレているわけではないようだが、向こうもかなり慎重である。

そのためアルネブもひどく困惑し、口籠もっている様子が伝わってきた。

もう、こうなったら――！

ピイイイィィィ！！！

私は縄を解き、ホイッスルを取り出して全力で吹いた。

怪しまれて犯人に逃げられてしまうという最悪の事態だけは避けるためのホイッスル。

唐突なその音に犯人だけでなくアルネブも大きく肩を揺らす。

瞬間、一陣の風が吹くように、とてつもない速さで酒場に人影が飛び込んできた。

「ぐっ……！」

それはレグルス様だった。

彼は黒ずくめの犯人の腕を後ろから掴み、複雑な体技（たいぎ）によって床に転ばせる。

「【氷の薔薇（グラシエス・ローザ）】」

そこからさらに畳みかけるようにして、氷の茨によって犯人を強く拘束した。

あまりにも迅速なその手捌きに、私とアルネブは言葉を失くして立ち尽くしてしまう。

ホイッスルの音から三秒も経っていないような気がする。

身体強化魔法の類でも使っていたのか、人並外れた素早さだった。

遅れてカストル様も酒場に入ってくるけれど、戦いはすでに完全に終わっていた。

「君がスピカを狙っている真犯人か。拘束される理由は言わなくともわかるよね」

見事に犯人を捕らえたレグルス様は、冷酷な声で犯人に告げる。

次いで彼は犯人のフードに手を掛けると、素顔を確認するためにそれを取り払った。

「えっ……」

刹那、私の心臓がドクッと波打つ。

取り払われたフードの下に、犯人の素顔を見て、稲妻のような衝撃が走った。

無造作に伸ばされた灰色の髪。同色の瞳には光が宿っておらず、まるで感情を感じさせない。

血の気の薄い青白い肌も相まって、人形のような印象を与えてくる男性だった。

今回の事件のすべてを見通せたような気がする。

……どうりで、聞き覚えのある声のはずだ。

その犯人は、私の元婚約者――ハダル・セントに仕えている、従者のリンクス・アルシャウカだった。

『後日、スピカ様の生家の方に、少なからずの慰謝料を手配いたします』

私がハダル様に婚約を破棄されて、宮廷から追放されたその日。

宮廷を出る直前に、ハダル様の従者のリンクスから淡々とそう告げられた。

それ以来の再会となり、思いがけない彼の登場に私は呆然とする。

その様子を横目に捉えたのか、レグルス様が問いかけてきた。

「どうしたんだいスピカ？　もしかしてこの男のことを知っているのか？」

「は、はい。彼は私の元婚約者の従者を務めている者です。名前をリンクス・アルシャウカといいます」

そのことを伝えると、レグルス様たちは揃って息を呑む。

私もかなり驚いている。

まさか元婚約者の従者とこんな形で再会することになるなんて。

宮廷ですれ違ったら軽く挨拶をする程度の間柄ではあるが、まったく知らない仲というわけでもない。

リンクス・アルシャウカ。

アルシャウカ公爵家の次男として生まれ、六年ほど前からハダル様の従者を務めている。

人形のように常に無表情が張り付いていて、笑ったところを一度も見たことがない。

どころか感情を表に出しているところも見た記憶がないほどだ。

ハダル様への忠誠心、というより王家に対する敬意が強く、ハダル様の命令には絶対服従だったのが印象的である。

どうして彼がここに……

「どうして元婚約者の従者がスピカのことを攫おうとしているんだ？　僕はてっきり無関係の不届き者が、聖女の力を利用しようとして誘拐を企てたのかと……」

「俺もそんな気がしてたんだが、まさかスピカちゃんの知り合いの犯行だったとはな」

レグルス様とカストル様だけでなく、私だってそう思っていた。

私を狙う理由なんて聖女の力くらいしか心当たりはないし、そうなると誰が犯人であってもおかしくはないから。

「まあ理由については本人から直接聞かせてもらおうぜ。周囲を確認したところ他に仲間もいないみたいだし、この男の単独犯行ってことで間違いないだろう」

カストル様がそう言うと、床で拘束されているリンクスにレグルス様が近づく。

「なぜスピカを狙ったんだ？　彼女を攫っていったい何をするつもりだったんだ？」

顔を覗き込みながら問いかけると、リンクスは相変わらずの見慣れた無表情で答えた。

「聖女を従えてその力を金儲けに使おうと考えていた。聖女の秘薬を独占できれば、莫大な利益も同時に独占できると思ったからだ」

「金儲けだと？　そんなことのためにスピカを……」

レグルス様の声と目つきがまた一層鋭いものになる。

この場の緊張感が一段と強まる中、カストル様だけは変わらぬ様子で冷静に話した。

「ま、概ね予想通りだったな。聖女の秘薬は今や全国的に名高くて、他国の方じゃ超高額で取引されている例もあるそうだし。スピカちゃんの力を利用しようって輩はいつかは現れると思っていたさ」

「知人ということもあって、何かスピカを従えさせるような算段でもあったのかもしれませんね。ただそれもこうして捕まえてしまえば意味もありませんけど」

その話を傍(かたわ)らで聞いていて、私は密かに違和感を抱く。

聖女の力を金儲けに使おうと企んでいた？　あのリンクスが？

確かに聖女の秘薬を独占すれば、その儲けも丸々独り占めすることができる。

でもリンクスは別に金銭的に困っている人間でも、そのような家系でもない。

むしろ裕福な側の人間だったはずだ。

そもそも彼が自発的に行動していることさえ不自然に思える。

「んじゃ、お前さんを今回の事件の犯人と断定し、王国騎士として捕縛させてもらう。地下牢に連行する前に色々と話を聞かせてもらうから、全部正直に話して……」

申し訳ないとは思ったが、私はカストル様の言葉を遮って声を上げた。

「あ、あの、ちょっと待ってください」

「スピカちゃん？　どうした？」

「その前にひとつリンクスに聞いておきたいことがあります。リンクス、今回のこの事件、本当にすべてあなたの仕業(しわざ)なの？」

「…………」

リンクスは相変わらず表情を変えなかったが、眉の端が微かに動いたのを私は見逃さない。

するとアルネブが不思議そうな顔でこちらに問いかけてきた。

「ど、どういうことですか？　実際に聖女様を引き受けに来たのはこの男ではありませんか？犯人はこの男で間違いないのでは……」

「いえ、その通りではあるんですけど……」

状況を見れば確かにリンクスがこの事件の犯人だ。

けれど私は、彼が自発的にこのようなことをしない人物だと知っている。

そう、彼が何かをする時は、決まって〝あの人物〟が関わっているのだ。

「もしかして今回の件、すべて〝ハダル様〟の指示なんじゃないの？」

「ハダル？」

リンクスはやはり表情を変えず、代わりに周りにいる人たちが怪訝そうな顔をする。

「私の元婚約者で、リンクスの主人です。私が知っているリンクスは、自発的に何かをするような人物ではなく、いつも主人のハダル様の指示で動いています」

私は事件の真犯人が、ハダル様である根拠を話した。

「そしてハダル様なら、私のことを攫おうとしてきても不思議ではありません。宮廷から追い出した私に利用価値があったのだと遅れて気が付き、連れ戻そうと考えてもおかしくない人ですから」

もしくは私を追い出したことを、兄のプロキシマ様から糾弾されて、慌てて連れ戻そうとしているか。

いずれにしてもハダル様なら、私を誘拐する理由はいくらでもあるということだ。

そしてそれをリンクスを使って実行しようとするのも、いかにも彼らしい。

『聖女という存在自体に価値が無くなるのだ。そのためこの私との婚約も破棄とし、宮廷からも解雇とする。そして私はここにいる侯爵令嬢のカペラ・ラビアータを新たな婚約者として迎え入れることを宣言する』

あれだけ自分勝手な人間なら、自分の立場を生かすためにどのような手も使ってくるだろうから。

けれど、リンクスは徹底して関与を否定した。

「いや、これはすべて私が仕組んだことだ。私が私利私欲のために聖女の力を欲しただけで、ハダル様は関係ない」

「嘘を言わないで。ハダル様の……いいえ、ハダルの仕業なんでしょ！」

「………………」

強く問い詰めても、リンクスは一向に口を割ろうとしない。

たぶんハダルにそういう指示を受けているのだろう。

もし私の捕縛に失敗して、騎士たちに拘束された場合は、すべて自分の犯行ということにしろと。

あの男ならやりかねない。

すべての罪をリンクスに擦りつけて、自分だけは罪から逃れるつもりなんだ。

「ハダル……！」

私は人知れず両拳を握りしめる。

十中八九ハダルの犯行だとわかっているのに、それを咎める術がない。

ここでリンクスだけを捕まえても意味はないんだ。

あの男を放っておいたらまた別の無関係な人を巻き込んで、また私を攫おうとするかもしれないから。

なんとかしてハダルを止めないと。

けど、あの男が指示を出したという決定的な証拠があるわけじゃないし、リンクスもこの調子だと何も話してくれそうにないし……。

「裏で誰かが手を引いている可能性は確かにありそうだな。ま、それを明かすよりも先に、とりあえずはアルネブ君の妹ちゃんの呪いを解かせるのを優先させないか？」

カストル様が至って冷静な提案をしてくれる。

確かにその通りだと思って、私は今一度心を落ち着かせてリンクスに呪いを解くように命じようとすると……。

彼は、思いがけない返答をしてきた。

「私は少女に掛けた呪いを解くつもりはない。私を裁きたければ好きに裁くがいい」

「な、なんだと⁉」

リンクスの言葉を受けて、アルネブは声を荒らげる。

「お前、この期に及んで往生際悪く足掻くつもりか！」

「こうして捕まった今、どの道私は裁かれる運命だ。であれば貴様の妹も道連れにしてくれよう」

「こ、このクズが……！」

……違う。

リンクスは確かに妹さんの呪いを解くつもりはないみたいだけど、それは彼の考えじゃない。

これもたぶんハダルの指示なんだ。

もし捕まった時は、アルネブの妹の呪いを解かずに全責任を背負って裁かれろと。

その方が怒りの矛先がリンクスに集中しやすくなり、さらにハダルの関与を隠蔽しやすくなる。

それだけでなく、妹さんを呪うために使ったであろう魔物も手元に残すことができるから。

手軽に人に呪いを掛けられる魔物。

それは脅しの道具としてかなり貴重だ。

そんな魔物を何匹も抱えているとは考えにくいので、私たちに討伐されたくはないだろう。

今回の作戦が失敗した後も、同じ手口でまた犯行を繰り返すことができるので、手放したくないと考えているに違いない。

そもそもその魔物は今、ハダルが抱えているはずなので、リンクスがどうこうできる話でもないのかもしれない。

「妹に……ハミルに呪いを掛けた魔物はどこだ！　答えろ！」

「断る。さあ、さっさと私を連行するといい」

リンクスはまったく主人の関与を認める様子はなく、呪いも解くつもりがない姿勢を一貫した。

それに対してアルネブが怒りのあまり手を出しかけるけれど、私はそれを遮るように言葉を挟んだ。

「関係のない人を巻き込んで、あなたは本当にそれでいいの？」

「………」

リンクスのことは深く知っているわけじゃない。

けど、彼が無闇に他人を傷付ける人物ではないというのはわかっている。

いつもハダルの忠実な従者であったが、他の人の言うことをまるで聞かないというわけじゃない。

宮廷内では使用人に手を貸す姿を度々目にしていたし、周囲からの評判もそれなりによかった。

感情が窺い知れない無表情が張り付いている人物だけど、彼にだって良心は必ずあるはずだ。

「あの男の言いなりになって、その罪を背負わされて、そんな目に遭ってあなたは悔しくないの？　関係のない人を犠牲にして、あなたは本当にそれでいいの？」

「……先ほどからも言っているだろう。これはすべて私が独断で行ったことだ。呪いを掛けた少女に関しては、どうせ捕まるくらいなら道連れにしてやろうと考えたまでのこと」

　頑なに言い分を変えようとしない。

　あの男に指示されてやったことだって言ってくれたら、それで充分なのに。

　リンクスが何も語ってくれなかったら、ハダルを裁くことも妹さんの呪いを解くこともできない。

「どうしてそこまでして、あんな男を庇おうとするの。あの男は本当に、あなたがそこまでして守らなきゃいけないほどの人間なの……？」

　私はハダルの顔を思い出しながら、悔しい気持ちで問いかける。

　きっとリンクスは何も答えてくれないだろうと、私はそう思ったのだが……

「……仮に、今回の件の首謀者がハダル様だとしたら、尚のこと私はあの方を庇っていたことだろう」

「えっ？」

　リンクスは不意に話し始めた。

「私は王家に恩義がある。特に現国王のリギル国王様に。祖父が先代の当主を務めていた際、領地内で魔物の異常発生が起きた。その時にリギル国王様が王国騎士を総出で領地に向かわせてくださり、復興に関してもあらゆる手を尽くしてくださった」

リンクスが王家に対して並々ならぬ敬意を抱いているのは知っている。

でもまさか、そんな理由があったなんて。

「一国の王であれば当然の責務と思われるかもしれないが、当時のアルシャウカ公爵家にとってはリギル国王様こそ希望の光に見えたのだ」

そして多忙な身でありながら、魔物災害に関する対策も深く練ってくれたという。

手を離れた領地に関して関心が薄い王も散見された昔の時代。

確かにそこまで手を尽くしてくれる王様は珍しく、リンクスたちにとってはまさに救世主のように映ったことだろう。

それにあの方ならそうしても不思議ではないと思える。

リギル国王様は現実主義かつ王族の誇りを強く持っていて、自分の領域を荒らされることを何よりも嫌っていたから。

「そんな彼の実子から犯罪に手を染めた者が現れたとなれば、私は当然この身を捧げてでも真実を隠蔽(いんぺい)しようとするだろう。〝リギル国王様〟の名誉のためにもな」

リンクスは力強い様子で、しかしどこか悔やむような表情でそう言った。

その姿を見て私は密かに悟る。

そうか、リンクスだって悔しいんだ。

ハダルの言いなりになっていることが。

関係のない人を巻き込んでいることが。

事実、彼は一度もハダルのためと言っていない。あくまで〝リギル国王様〟の名誉のためと言っている。

リギル国王の実子から犯罪者を出したくないから、ハダルの言いなりになって罪を被るしかないんだ。

その悔しさを、少しでも誰かにわかってほしかったから、わざわざ今の話を打ち明けてくれたのかもしれない。

同時に遠回しに、自分への説得は無駄だと告げてきている。

リギル国王の名誉のために、自分はどんな犠牲も払うつもりでいると示しているんだ。

こんなの本当に、誰も救われない。

ハダルに罪を被せられているリンクスも、呪いを解いてもらえないハミルも。

「あの男……！」

あの男だけが、なんの犠牲も払わずに、高みから傍観を続けている。

我が身可愛さに従者を捨て駒にし、私利私欲のために他人を平気で巻き込んでいく。

ハダルさえこんな馬鹿げたことを考えなければ、誰も犠牲になることはなかったのに。

私は静かに拳を握りしめる。

「ハダル、私はあなたを……」

あの男の顔を思い出しながら、沸々と怒りを募らせていき……

私はその感情を表に出した。

「絶対に許さない！」

刹那――

私の体から、〝純白の風〟が吹き荒れた。

「えっ……」

その現象に、その場にいる全員が息を呑む。

白い旋風が、まるで私を中心にするように渦を巻いている。

しかし風そのものに実体はなく、周りには何も影響を与えていない。

「ス、スピカ、それはいったい……？」

「わ、わかりません。私も何がなんだか……」

元婚約者への強い怒りを自覚した瞬間、この謎の白い風が体から放たれ始めた。

いやでも、私はこの現象に少しだけ見覚えがある。

宮廷でアルネブに気絶させられかけた時、駆けつけてきてくれたレグルス様がそれを見せてくれた。

すごく似ている。レグルス様が怒りのあまり発生させた、あの可視化された〝黒魔力の旋風〟と。

「まさか、魔力の可視化……？」

これはもしかして、私の白魔力が可視化された光景なのかな？

ハダルに対する怒りが限界を超えて、その激情によって魔力が外部に漏出（ろうしゅつ）しているのだろうか。

けど、魔力の可視化は〝高い魔力を持つ者〟だけにあらわれる現象だと聞いたことがある。

それこそ現代最強の魔術師と名高いレグルス様と同等の魔力の強さでなければ起こらないはずだ。

肉眼で視認できるほど高い魔力なんて、私は持っているはずが……

「まさかスピカも魔力の可視化ができるほどになっていたとはね。けどまあ、あれだけ毎日大量のポーションを作り続けていたら、これくらい成長していても不思議じゃないかな」

「せい、ちょう……？」

ポーション作りをしていたおかげで？

確かに、一日に製造できるポーションの数は日に日に増えている。

それこそ魔法薬師になった当初と比べて、およそ倍以上に。

もしかして私は、自分でも気が付かないうちに、魔力を可視化できるほどまでに高められていたのかな。

見ると、レグルス様も驚きというより納得といった顔をしていた。

私はそれだけ、ポーション作りに熱中していたってことなんだ。

誰かの役に立てていることに喜びを感じていたってことなんだ。

技術発展を遂げたポーションは、私から職を奪って苦しめてきた存在だけど……

同時に私に新たな価値を見出させてくれて、さらに成長する要因にもなってくれた。

今なら、もしかしたら……

「リンクス、彼の妹に呪いを掛けた魔物、もう出す必要はないかもしれませんよ」

「えっ……？」

次いで私は、アルネブの方を振り向いて、純白の旋風の中で笑みを浮かべた。

「アルネブ、妹さんのいる宿屋に戻りましょう」


リンクスを拘束した後、私たちは酒場跡からアルネブの妹さんが眠る宿部屋まで戻ってきた。

今度はレグルス様とカストル様、そしてリンクスも一緒だ。

ふたりは妹さんの容体を心配していたし、リンクスがもし実際に妹さんと会えば心を変えてくれるかもしれないと思ったから。

そうなれば一番話が早かったのだが、彼は苦しむ妹さんを見ても目を逸らすだけだった。

罪悪感はあるように見えるけど、考えを変えるつもりはないらしい。

ここまで来たら徹底してハダルのことを庇う気なんだろう。

まあ、そっちがその気なら別に構わない。

「この子がアルネブの妹のハミルか。こんな幼い子が苦しめられているなんて、どうにかしてあげられないものか……」

レグルス様も心配そうな眼差しでハミルを見つめる中、私は再びハダルへの怒りを思い出して白魔力を可視化する。

私も彼女をどうかにして助けてあげたい。そしてそのためにここに戻ってきたんだ。

「はぁ……はぁ……！」

「…………」

ハミルの容体は芳しくない。

ますます悪化しているように見える。

「可哀想に……。この調子だと今日か明日のうちには、深刻な状態にまで陥る可能性が高い」

カストル様は憤りを滲ませるように拳を強く握っている。

同じように私も呪いの元となった魔物を抱えているだろうハダルに怒りを燃やしながら、妹さんの眠るベッドに近づいた。

苦しそうにしている彼女の額に右手をかざし、念じる。

私の体の中には今、可視化できるほどの強い白魔力が宿っている。

そしてかつて別の国にいた『大聖女』様は、強力な治癒魔法で呪いすら打ち消していた。

もしかしたら今の私なら、大聖女様と同じことができるんじゃないかな。

歴代でも最大の白魔力の持ち主と謳われた彼女と並べたとは思っていないけど、試してみる価値はある。

「【癒しの祈り（ヒール・プリエール）】」

瞬間、私の右手に白い光が灯った。

その癒しの光をハミルの体に流し込むように、じっと額にかざし続ける。

ポーション作りに熱中したおかげで可視化できるほどに魔力も上昇している。

この子に掛けられた呪いは、私の治癒魔法で打ち消せるはずなんだ。

ハダルが呪いの元となった魔物を抱えている今、彼女を助けられる方法はこれしかない。

何より……

目の前で苦しんでいる女の子ひとりも助けられないで、聖女なんて呼ばれる資格はない！

「お願い、治って……！」

私は白い光を宿した手を、ハミルの額にかざし続ける。

助けたい一心で、必死に心の中で祈りを続ける。

すると……

「…………おにい、さま？」

「ハ、ハミル⁉」

ベッドの上で苦しんでいたハミルは、つぶらな碧眼をゆっくりと開いた。

そしてすぐに息を整えて体を起こし、周りのみんなは唖然とする。

一番驚いていたのは、当然兄のアルネブだった。

「か、体を起こしても大丈夫なのか？　頭が痛かったり、胸が苦しかったりは……」

「ううん、もう大丈夫。どこも苦しくないよ」

ハミルがけろっとした顔でそう言うと、アルネブは呆けた顔でこちらを振り向いた。

レグルス様とカストル様も呆然と私を見ていて、彼女に呪いを掛けた張本人のリンクスまでも愕然としている。

いつも無表情だった彼が、その人形のような顔を崩した瞬間を初めて見た。

「ス、スピカ、どうして彼女はこんなに急に回復したんだい？　呪いの影響で死も目前に迫っていたように見えたんだが……」

「呪いはもう取り除けたと思います。聖女の治癒魔法は、白魔力を極限まで高めると、呪いを打ち消せるほどの効果を宿すと聞いたことがあるんです」

「呪いを、打ち消すだって……？」

アルネブには先ほど伝えたばかりだけど、他の人たちは知らなかったらしい。

かつて存在していた大聖女ザニアのことを。

「つまりもう、この子の体には呪いが残っていないのか?」

「はい、おそらくもう大丈夫かと。私も上手くいくかは不安でしたけどね」

「……お、驚いたな」

レグルス様は戸惑いながら、驚きのあまり呆れた笑みを浮かべている。

私自身、自分の力を実感して驚愕しているので無理もない。

まさか本当に呪いを消すことができるなんて。

私、大聖女様と同じことができたんだ。

明確な治療方法が確立されていない呪いを、自分の力で解くことができたんだ。

私は聖女として、ちゃんと成長しているんだ……!

「あ、あの、ありがとうございます聖女様! なんとお礼を言ったらいいか……」

「いえ、今はそれよりも急いだ方がいいかと」

「……?」

涙を滲ませながら首を傾げるアルネブに、私は窓の外を見ながら告げる。

「赤月の舞踏会が終わるまで、あと二時間ほど時間がありますね」

「えっ?」

「妹さん、とても楽しみにしていたんですよね。私へのお礼は結構ですから、どうか彼女をあの舞踏会に連れていってあげてください」

「聖女様……」

見たところ妹さんは呪いから解放されたばかりで体力を消耗している。

けど見学くらいはできると思うので、せっかくのこの機会を無駄にしてほしくないと思った。

それを伝えると、妹さんも嬉しそうに笑みを浮かべて、アルネブは急いで彼女を抱える。

そして『後日お礼に参ります』と言い残し、アルネブとハミルは赤月の舞踏会の会場に向かっていった。

「は、ははっ、こいつは驚いたな。まさか治癒魔法で呪いを解いちまうとは思わなかったよ」

カストル様は窓の外を見て、アルネブの背を目で追いながら肩をすくめる。

「まあこれで、呪いの元となった魔物を差し出してもらわなくても解決ってわけだな。とりあえずは無関係の人間が殺されずに済んでよかったよ」

レグルス様もカストル様も安心したように頬を緩めている。

リンクスの方を見ると、彼も力が抜けたように背を丸めていた。

安堵しているか驚いているのか、もしくはその両方か。

ハダルの指示とはいえ、やはり誰かに危害を加えることは心苦しかったのだろう。

「で、レグルス君、この男の処罰についてはどうする？」

「彼が何者かに指示されて犯行に及んだ可能性はありますが、その証拠も供述も得られないとなると黒幕を炙り出すのは難しいですね。ひとまずは彼を拘留するのが妥当かと……」

「あの――……」

王国騎士のふたりが話し合っている中、忍びない気持ちで手を上げると、彼らはこちらを見て首を傾げた。

「す、少し待ってもらえませんか。彼にはまだやってもらいたいことがありますので、拘留は待ってもらえたら助かるんですけど」

ハミルの呪いを解いてリンクスを捕まえて、はいおしまい……ではない。

肝心の首謀者がまだ表に出てきていないんだ。

あの男を捕まえない限り、また私を狙って無関係の人物を巻き込む可能性がある。

ここでその芽を確実に摘んでおかないと。

それはレグルス様もわかっていて、だからこそ悔しそうに告げた。

「しかし、彼から何も証拠を得られない限り、首謀者を明るみに出すのは不可能なんじゃないのかい？　スピカは彼の主人を疑っているみたいだが、『従者が勝手にやったことだ』と言われたら罪の証明はできない気が……」

そう、リンクスがハダルの関与を否定し、ハダルがリンクスの独自犯行だと言えば罪は証明できない。

でももしリンクスにハダルの関与を認めさせれば、奴を裁くことができるようになる。

そして今の私にならおそらくそれができる。

呪いを治せる力を得た私にならﾞ。

「リンクス、あなたが何も話さないというのなら、こちらも〝同じ手〟を使わせてもらうわ」

「えっ？」

「私と、取り引きしてみる気はない？」

私は〝ある話〟をリンクスに持ちかけたのだった。

——ハダル、あなたをただで逃がすつもりはないわよ。

第六章　ポーション技術の発展で私は成長できました

ヴィーナス王国の宮廷内部。

その自室にて、第二王子ハダルは婚約者のカペラと身を寄せながら静かな時間を過ごしていた。

彼の部屋は現在、ソファやベッドといった必要最低限のものしか置かれていない。

趣味で収集していた絵画や骨董品の数々は、婚約破棄によって発生した慰謝料の支払いですべて売り払われている。

少し前と比べるとかなりみすぼらしい部屋になってしまったが、それでもハダルは余裕の笑みを浮かべていた。

「ハダル様、わたくしはお役に立てましたでしょうか？」

「あぁ、もちろんだよ、カペラ。君のおかげで俺は失ったものを取り戻すことができる」

そう言ってハダルは、ソファで隣り合って座っているカペラの肩を引き寄せる。

カペラの生家はラビアータ侯爵家といい、国境付近の防衛の傍ら魔物研究を行っている。

特別に魔物の飼育や保有を許されており、代々魔物の生態調査によってヴィーナス王国に貢献している。

カペラはそんな生家のラビアータ侯爵家の研究所から、一匹の魔物を無断で持ち出した。

目玉にコウモリの羽が生えたような小さな魔物で、戦闘能力はほとんどないが、強力な〝呪い〟を扱うことができる。

ハダルはその魔物と、代々魔物の扱いにも長けているラビアータ侯爵家のカペラの力も借り、聖女スピカを取り戻す計画を立てた。

（この魔物を使えばある程度の人間は言いなりにできる。そしてスピカを呼び戻し、奴も完全に俺の木偶にする）

それこそが『聖女スピカの誘拐』。

ハダルは聖女スピカを婚約破棄し、宮廷から追放したことで私財のほとんどを失った。

しかしそれらを取り戻す方法はまだ残されている。

聖女の秘薬の話を聞いて以来、ハダルはずっとスピカを取り戻したいと考えていた。

彼女の治癒ポーションさえ独占できれば、莫大な利益もすべて自分の懐に入ってくる。

売り払ったものを買い戻せるだけでなく、聖女を呼び戻した功績で失墜した信頼も回復できるので、ハダルがスピカを狙うのは当然の成り行きだった。

（しかし奴もまた面倒な場所に身を潜めおって……）

スピカの所在が隣国のアース王国の宮廷だと判明した時は驚いた。

同時に連れ戻すことが非常に困難だとハダルは諦めかけた。

アース王国の宮廷の警護は厳重で、加えてスピカは優秀な護衛たちに守られている。

しかし赤月の舞踏会で部外者が宮廷に立ち入ることができると聞いて、ハダルは悪魔的な方法を思いついた。

参加者の誰かを呪いで脅迫し、代わりに誘拐を実行させる。

万が一失敗した場合は尻尾を切って自分だけ逃げることもできる。

そもそもすべての作戦は従者のリンクスが行っているので、ハダルの関与が発覚するはずもなかった。

「すべてを取り戻したら、ふたりでどこか旅行へ行こう。行きたい場所を決めておいてくれ」

「はい、ハダル様」

再びふたりは肩を寄せ合う。

(それにしても、リンクスの奴はまだ戻ってこないのか)

赤月の舞踏会から今日で一週間。

従者のリンクスからはまだ連絡が来ていない。

聖女が行方不明になったという話も流れてきていなかった。

スピカの誘拐に成功すれば、たちまち彼女が行方知れずになった噂が広まるはず。

それについては『自らの意思でここに帰ってきた』とスピカに言わせるつもりなので問題はないが。

そもそもその騒ぎさえいまだに起きておらず、ハダルは人知れず奥歯を噛み締めた。

（よもやリンクスめ、しくじりおったか……！）

聖女の誘拐に失敗したならば騒ぎが起きていないのも不思議ではない。

ただそれならリンクスの方から連絡があるはず。

それ自体ないとすると、リンクスが捕縛された可能性が高い。

まあ、それも別に大した問題ではない。

奴も切り捨ててしまえばいいだけだ。

リンクスはハダルの言いなりで、今回の誘拐話を持ちかけた時も嫌な顔ひとつせず頷いた。

もし失敗した際はすべての罪を被って裁かれると快諾もしてくれた。

後は自分が、『従者が勝手にやったことだ』と言えば関与の証明はできなくなる。

自分の身に危険が降りかかる可能性は微塵もありはしない。

ただ本音を言えば、今回の赤月の舞踏会で聖女スピカを連れ戻したいところではあった。

アース王国の宮廷内に居座り続けているスピカを連れ去るのは、このような機会しかないだろうから。

（まあいい、焦る必要はない。じっくりとまた機会を窺うとしよう）

ハダルは密かに不気味な笑みを浮かべると、スピカの姿を思い出しながら呟いた。

「……どんな手を使ってでも取り戻してやるぞ、スピカ」

そして彼は、同じく不敵な笑みを浮かべているカペラと目を合わせると、自室に甲高い笑い声を響かせた。

その時――

「ハダル・セント！」

「――っ⁉」

突然、部屋の扉が勢いよく開けられた。

そこから続々とアース王国の騎士たちが入ってくる。

ハダルとカペラはソファから跳ねるようにして立ち上がり、困惑した様子を見せた。

「お、王国騎士⁉　なぜアース王国の騎士がここに……！」

次いでハダルはすぐに額に青筋を立てて、騎士たちに怒号を浴びせる。

「貴様ら、誰の許可を得て王子の部屋に立ち入っているのだ！　今すぐにここから出てい……」

「ヴィーナス王国第二王子ハダル・セント。貴様には聖女誘拐を企てた容疑が掛けられている！」

「な、なんだとっ⁉」

「大人しく我々についてきてもらおう。カペラ・ラビアータ、貴様もだ」

「な、なぜですの！」

そう告げるや、王国騎士たちは手早くふたりの手に錠をかけた。

そして訳がわからないままふたりは宮廷内の謁見の間まで連行される。

とぼける暇もないくらいいきなり連れ出されて、ハダルは混乱することしかできなかった。

しかし、謁見の間の光景を見たハダルは、自ずとすべてを悟る。

「リ、リンクス！　それに……スピカ!?」

そこには宮廷の近衛騎士たちと兄のプロキシマだけでなく、自らの従者と元婚約者のスピカ・ヴァルゴの姿があった。

そして見覚えのない男たちも一緒に並んで立っている。

リンクスが命令通りにスピカを誘拐してきた、という感じではない。

聖女誘拐の容疑を掛けられたことからも、ふたりが一緒にいる理由については察することができた。

（リンクスの奴、まさか裏切ったのか……！）

あまりにも信じられない。

よもやあの従順だったリンクスが寝返るなど。

何かの間違いではないかと淡い期待をしたが、リンクスの一言によってハダルは絶望の淵に叩き落とされた。

「……私はすべてを話しました、ハダル様」

「――っ！」

リンクスの隣に視線をやると、スピカが鋭い目つきでこちらを見据えていた。

◇

久しく見る元婚約者の顔は、悔しさのあまりかひどく歪んでいた。

その表情が彼の関与を実質的に裏付けている。

ヴィーナス王国の第二王子、ハダル・セント。

私との婚約を破棄し、宮廷から一方的に追い出した張本人。

それについては今さらどうこう言うつもりはない。

私が今怒りを覚えているのは、もっと別のことだ。

「いったい全体なんだというのだこれは……！　第二王子に対してこの仕打ち、打ち首にされても文句は言えんぞ！」

アース王国の騎士たちに拘束されているハダルは、怒りの形相で喚く。

ここに私とリンクスがいるため、なぜ自分が捕まったのかは充分に理解しているはずだが、どうやらしらばっくれるつもりらしい。

当然それを許すはずもなく、一緒にこの国まで来たレグルス様も同じ気持ちを抱いていた。

「この期に及んでまだ惚けるつもりか」

「だ、誰だ貴様は……！」

「これは申し遅れたね。僕はアース王国の第一王子レグルス・レオという者だ」

「アース王国の王子、レグルスだと……！」

さすがに現代最強の魔術師と名高いレグルス様の名前は知っているらしい。

一緒に連れてこられた侯爵令嬢カペラも、目の前の騎士がレグルス様だと知って呆然としていた。

「先日、あなたの従者であるリンクス・アルシャウカが、うちの宮廷で雇っている聖女スピカ……いや、僕の婚約者のスピカ・ヴァルゴを攫おうとした」

「こ、婚約者だと⁉」

ハダルは翠玉色の目を大きく見張る。

まさか私が隣国の王子様と婚約しているとは思わなかったのだろう。

続けてレグルス様は、黒い目を鋭く細めて怒りの感情を露わにする。

「聞けばあなたの指示で実行したとのことだが、誰の婚約者に手を上げようとしたのかわかっているかい」

「デ、デタラメを言うな！　俺は何も知らない。従者が勝手にやったことだ」

予想通りの返しをしてくる。

やはりこの男は、リンクスが独断で犯行に及んだことにして、自分だけは罪から逃れようと思っているらしい。

　けど、それはもう無駄なことだ。

「彼はすべてを話してくれたよ。スピカを婚約破棄して多額の慰謝料が発生し、その支払いであなたは私財のほとんどを失った。そしてスピカに秘薬作りの才能があることを知ったあなたは、再び彼女を連れ戻して莫大な利益を独占しようとしていたらしいじゃないか」

「さっきからいったい何を言っているのだ！　確かに俺は私財のほとんどを失ったが、今さら聖女などに用はない！　主人である俺に罪を擦りつけようとは、とんだ愚かな従者だな！」

　ハダルの怒りの視線がリンクスに向けられる。

　それを受けても彼は相変わらず人形のように動じることはなく、どこか憐れむような目で主人を見ていた。

「兄上！　この愚か者たちの言うことはすべて虚言です！　金に目が眩んだ従者が独断で悪事に手を染め、その罪を主人の俺に被せようとしているのです！」

　それでもハダルは抵抗をやめず、兄の第一王子プロキシマ様に抗議の声を上げる。

　プロキシマ様は眉のひとつも動かさず、謁見の間の光景を壇上から静観していた。

　弟に助け舟を出す様子は微塵もない。

　逆にレグルス様が、ハダルに追い討ちを掛けるように懐からあるものを取り出した。

「これを見ても、まだ同じことが言えるかい？」

「――っ！　そ、それは……」

複数枚ある手紙の束。

それを見たハダルは顔色を青に変えた。

「これはあなたが従者への連絡のために送った文書らしいね。お兄さんにも確認をとってもらったけど、筆跡もあなたのもので間違いないそうだよ」

「リ、リンクス……！」

「………」

いよいよ確定的な証拠が出されて、ハダルはリンクスを睨みつける。

その視線には疑念の感情も含まれていて、ハダルはリンクスに問いかけた。

「な、なぜだリンクス……！　あれだけ従順だった貴様が、なぜ……」

ハダルの言うことには絶対服従。

操り人形のように彼の命令には頷くばかりだったリンクス・アルシャウカ。

そんな彼が初めて自分の指示を無視したことに、ハダルが疑問を覚えるのは当然のことだろう。

だから私は情けをかけるように、少し得意げになって話した。

「どうしてリンクスがあなたの関与を明かしたのか、不思議に思っているみたいね。私もあなたと同じ手を使わせてもらったのよ」

「な、なんだと……？」

私の言葉に、リンクスが続いてくれる。

「リギル国王様の〝呪い〟を解いていただきました」

「はっ？」

「聖女の治癒魔法でリギル国王様の呪いを消してほしくば、真実をすべて話せと言われましたので、私はその話に乗って……」

「ま、待て。治癒魔法で呪いを消す、だと？　貴様はいったい何を言って……」

そもそも前提の話から頭に入ってこなかったようだ。

治癒魔法で呪いを消す、ということについて。

「かつていた大聖女ザニア様は、その規格外の治癒魔法で呪いも消すことができたの。そして私もポーション作りを通して魔力が高まり、魔物を倒さずとも解呪できるまでになったのよ」

「…………」

ハダルはそれを聞いて言葉を失う。

初めて今の話を聞いた周りの近衛騎士たちも、驚いた顔で私の方を見ていた。

やはりザニア様の話はそこまで広く伝わっていないみたいだ。

まあ、直にこれらの話も世界的に知れ渡ることだろう。

今はそれについてはいいとして……

「私はその解呪の力を使って、リンクスにある話を持ちかけたのよ。彼が真に敬愛するリギル国王様の呪いを解く代わりに、今回の事件の真相についてすべて明かしなさいってね。呪いを脅しに使ったあなたと同じように」

リギル国王様は幼少時に魔物から呪いをかけられている。

その影響で度々治療院に運ばれていて、私もこの宮廷にいた時はその姿を何度も目にした。

だからその呪いを解く代わりに、真実を話すようにリンクスに話を持ちかけたのだ。

あの方を敬愛しているリンクスなら、きっとこの話に乗ってくれると思ったから。

その思惑通り、彼はすべてを明かし、ハダルの関与が浮き彫りになった。

ちなみに国王様は体力回復のために治療院で静養中である。

「私は王家に対して、特にリギル国王様には多大な恩義があります。ですからあの方が呪いの苦しみから解放されるのなら、それが一番だと思って……」

「貴様は俺の従者だろ！　俺の言うことだけに従うのが務めのはずだ！」

端からその認識が間違いであることに、ハダルは気が付いていない。

リンクスはあくまでリギル国王の名誉のためにハダルの言いなりになっていただけだ。

彼の欲を満たすためではなく、王家から咎人を出さないために自分で罪を被ろうとしていた。

最初からハダルに服従していたわけではない。

それがわかっていたから、私は今回の取り引きを持ちかけた。

結果的にリギル国王の実子から犯罪に手を染めた者を出すことになるから、断られてしまう可能性もあったけれど、それ以上に王様の体の心配が優ったらしくリンクスは交渉を受け入れてくれた。

「私はハダル様の従者ではありますが、それ以前にリギル国王様を敬愛する者のひとりです。私にだって意思がある。真に従うべきは己自身の意思なのだと、スピカ様に教えていただきました」

「スピカぁ……！」

ハダルの怒りの視線が今度はこちらに向けられる。

「あれだけ俺のために、花嫁修業にも邁進（まいしん）していたではないか！　なぜ俺の元に帰ってこない！　再び俺の側に置いてやろうというのに、貴様さえ大人しく戻ってくれば……！」

失った私財を取り戻すことも、莫大な利益も独占することができたはずなのに。

とでも言いたいのだろうけど……

「……ふざけないで」

私が自らの意思で、この男の元に戻るはずがない。

一方的に婚約破棄と宮廷追放を言い渡し、散々罵声を浴びせてきた。

さらには私利私欲のために私を攫おうとして、関係のない人まで巻き込んだ。

そのあまりの自分勝手さに怒りを感じているのは、こっちの方なんだ。

「すべてあなたの思い通りになると思ったら大間違いよ、ハダル・セント！　二度と私に関わらないで！」

「――っ！」

ハダルはその言葉で心が砕けたのか、おもむろに大理石の床にへたり込んだ。

そこに兄のプロキシマ様が歩み寄る。

「我が愚弟ハダルよ。貴様を此度の脅迫事件の首謀者として拘束し、強制調査を執り行う。同じくカペラ・ラビアータも生家の研究所から魔物を盗み出した疑いで拘束する」

そう罪状をまとめると、次いでプロキシマ様はハダルの胸ぐらを掴んだ。

ぐっとハダルの体を持ち上げたかと思うと、閃くような速さで頬に拳を叩き込む。

「ぐっ……！」

ハダルは衝撃で床に倒れて、しばらく痛みに悶えていた。

プロキシマ様はその姿を見下ろしながら、最後に冷たい声音で告げた。

「王家の面汚しが……！　父とこの私の顔にも泥を塗りおって……！　ただで済むとは思わぬことだな」

「あっ……がっ……！」

その後、謁見の間には、しばしハダルの呻き声だけが虚しく響いていた。

エピローグ

聖女誘拐の事件が解決して、早くも二週間が経過した。

私はアース王国の宮廷に戻ってきて、またのんびりとした生活を送っている。

気ままにポーションを作ったり、ハーブ栽培の勉強をしたり、宮廷内を散歩したり。

ついこの前、あれだけの事件に巻き込まれたのが嘘みたいな平穏さだった。

あれから聞いた話だと、ハダルの罪は正式に認められたらしい。

そしておそらく終身刑、よくても労役場での重い強制労働が科されるとのことだ。

父のリギル国王や兄のプロキシマ様も、彼を庇いはしなかったとのこと。

王家の人間だからと甘やかさず、きっちり咎人として対応するらしい。

カペラについても無断で魔物を持ち出した罪で、何かしらの罰が与えられるようだ。

ハダルの従者のリンクスに関しては、あまり詳しい話は聞けていない。

ハダルの指示で誘拐事件に加担していたので、処遇を決めるのが難しいとは聞いた。

おそらく軽い罰を受ける程度だろうとレグルス様は言っていたけど、リギル陛下が気を利かせるようなことも言っていたので詳細は定かではない。

リンクスの心情を知っている身としては、罪が免除されることを祈るばかりだ。

ちなみに私を気絶させて宮廷から連れ出そうとしたアルネブについては、王国騎士たちが行っているポーション素材の収集を手伝わせることで、罪の清算とするという風にレグルス様が手配をしてくださった。

とまあ、このような感じで事件は緩やかに終着に向けて動いている。

「……ふぅ、これで終わりっと」

そして私は今日も今日とて、王国騎士団のためにポーション作りに励んでいた。

ノルマの数も自分から増やすように話を通して、今では日に三十個を騎士団に納品している。

自分で販売する分もきちんと作っていて、またまた魔力の成長を人知れず実感していた。

ポーションを作り始めた時は一日で二十個くらいが限界だったのにね。

今では六十個近くを余裕を持って作れるようになっている。

ポーション製作は確かに疲労も溜まるけど、それ以上に楽しくてやりがいがあるので作る手を止めることができないんだ。

そんな私の熱意と、騎士たちが素材を集めてきてくれるこの環境が、私をここまで成長させてくれた。

感謝してもし切れない。

「お疲れ、スピカ」

「あっ、レグルス様」

その日のポーション製造が終わった段階で、ちょうどレグルス様が研究室へとやってきた。

納品物を受け取りに来たらしい彼にそれを渡し、今日の仕事が完了する。

午後の時間がだいぶ余ってしまったので、これからの予定に困るところだけど、レグルス様がその悩みを聞き届けたかのようにあることを教えてくれた。

「アルネブとハミルが顔を見せに来ているよ。改めてスピカにお礼がしたいんだってさ」

「そういえばそんな話をしていましたね」

ハミルの呪いを解いて赤月の舞踏会へ送り出した時、後日お礼に行くとアルネブが言った。

その言葉の通り、私たちが宮廷にいるタイミングを見計らって今日来てくれたらしい。

レグルス様に案内されて応接間に向かうと、そこには兄妹の姿があった。

「その節は大変お世話になりました。それと改めて聖女様に謝罪をと」

「いえいえ、元は私が巻き込んでしまったみたいなものですから」

とはいってもアルネブはぺこぺこと頭を下げてきて、さらにはお礼の品もたくさん渡してくれた。

随分と罪悪感を抱えていたらしい。

アルネブもアルネブで妹さんのために仕方なく命令を聞いていただけなので、罪はないと私は思っている。

「こうしてハミルも元気にしていただき、本当にありがとうございます」

次いで彼はハミルの肩に手を置いて、『ほらっ、聖女様にお礼を』と促した。

ハミルは恐る恐るといった感じで僅かに前に出てきて、おもむろに小さな頭を下げる。

「聖女様、ありがとうございます」

「いいえ、どういたしまして」

なるべく柔らかい声音でそう返すと、ハミルはどこか安堵したように笑みを浮かべた。

どうやら人見知りな性格だったらしい。

その後、アルネブが言葉を紡いだ。

「聖女様のおかげで、なんとかハミルに赤月の舞踏会を見せてやることができました。ずっと憧れていた舞台で、少しは踊ることもできて、本当に感謝しています」

「それならよかったです」

ハミルの呪いを解いてから、ふたりを赤月の舞踏会に送り出したけれど、無事に間に合っていたみたいで何よりだ。

ハミルは舞踏会をとても楽しみにしていて、一週間も早く王都に来ていたっていうくらいだし。

この国に住む令嬢なら、誰だってあの舞踏会で踊ってみたいって思うよね。

その後、緊張が解けたハミルが、舞踏会の感想を私に話してくれた。

噂に聞いていた通り華やかな劇場で、多くの貴族たちが優雅に踊っていたと。

そして来年も絶対に招待状をもらって、今度こそ一曲目から踊りたいと可愛らしくはしゃぎながら教えてくれた。

「………」

その時、私は不意に思い出す。

そういえば私、あの舞踏会で……

「ハミル、そろそろ失礼させてもらおう。あまり宮廷に長居してもあれだから」

「あっ、はい。そう……ですよね。スピカ様とのお話が楽しくて、つい時間を忘れてしまっていました」

アルネブたちはそう言い合うと、ふたり揃って私たちに頭を下げ、宮廷を去っていった。

それから私は研究室へ戻ろうかとも思ったけど、レグルス様と応接間を出たタイミングで彼に声を掛ける。

「レグルス様」

「スピカ」

私とレグルス様の声が、思いがけず重なってしまった。

ふたりして呆然と顔を見合わせてしまう。

なんともタイミングのいいことだ。

「レ、レグルス様が、お先にどうぞ」

「そうかい。なら先に言わせてもらおうかな」

そう促してみると、どうやら彼も私と同じことを考えていたみたいだ。

「赤月の舞踏会で一緒に踊る約束をしていたのに、色々あって僕たちは踊れていないよね、って言おうとしたんだ」

「わ、私も同じことを言おうとしていました」

そう、私たちは赤月の舞踏会で踊れていない。

婚姻発表を終わらせてから踊ろうと約束をしていたのに、誘拐事件のことなどがあって踊る暇がなかったのだ。

それに私は、レグルス様に自分の気持ちを伝えることもできていない。

自分に自信を持つことができたから、赤月の舞踏会で正直な気持ちを伝えると決意をしていたのに。

せめて少しは踊りたかったですね、と他愛のないことを告げようとした時、レグルス様から唐突な話を持ちかけられた。

「でさ、ひとつ提案があるんだけど、今から宮廷劇場へ行かないかい？」

「えっ？」

レグルス様に誘われて、私は宮廷劇場へとやってきた。

ここへ来るのは赤月の舞踏会以来となる。

相変わらず壮観な見た目の宮廷劇場には、あの時と違って人はほとんどいない。

本ホールの方もがらりとしていた。

ただ、隣接している準備室の方から演奏のような音が聞こえてくる。

「宮廷劇場のホールは普段は使われていないけど、準備室の方は楽団の練習用に解放されているんだ」

「そういえば研究室にいる時もたまに聞こえてきますね」

宮廷劇場には広々とした部屋が数多くある。

だから楽団の演奏練習や劇の稽古に使われることが多いらしい。

そして今日はたまたま楽団の練習が行われていた。

「少し物足りないかもしれないけど、ここで楽団の演奏に合わせながら、赤月の舞踏会のやり直しをするっていうのはどうかな?」

「なるほど、そういうことですか」

赤月の舞踏会では踊る約束をしていたのに、色々といざこざがあってそれが叶わなかった。

だからここでその時のやり直しをするために、楽団の演奏に合わせて踊ろうと。

他の参加者がいなくて少し寂しい気もするけど、この宮廷劇場のホールでレグルス様と踊れるなら私としては満足だ。

彼が差し伸べてくれた手をそっと取って、音楽に合わせて踊り始める。

広大な宮廷劇場のホール。そこはふたりだけの空間。贅沢な時間が流れていく。

「本当なら改めて楽団を呼んで、正式に客人たちも集ってもらってその場で踊りたいんだけど」

「いえ、これでも充分すぎますよ」

レグルス様の手を取りながら、ふたりで動きを合わせて静かに舞う。

レグルス様ほどの人望があれば、今一度楽団と客人を呼び集めて、擬似的な赤月の舞踏会を開くことも可能だと思う。

けど彼はまた三日後から遠征任務へ向かわなければならない。

開拓されたばかりの魔占領域の整備も王国騎士団に任されているので、楽団やら客人を集めている暇は彼にはないだろう。

そして私の方も、これから少しずつ忙しくなる予定だ。

「そういえばまた〝呪いの治療〟について依頼が来ていたよ。来週辺りから本格的に解呪依頼の方も受けていくって話だったよね」

「はい」

私はポーション作りのおかげで魔力が大幅に高まった。

そのおかげで治癒魔法によって呪いも解けるようになり、それを知った人たちが私に依頼してきている。

世界には呪いに苦しめられている人たちが大勢いる。

体の一部が石化していたり獣化していたり、老化させられている人もいると聞く。

そういう人たちが私を頼って依頼を送ってきていて、私はそのすべてに応えようと思っているんだ。

これからきっと多忙になるだろう。

だからお互いに忙しい身となるので、改めて舞踏会を開いて一緒に踊るというのは難しい。

聖女として頼りにしてもらっている証拠でもあるので、それは嬉しい限りではあるが、少し寂しい気もしてくる。

「しつこいようだけど、本当に無茶はしないでくれ。呪いの治療なんてただでさえ力を使いそうなことなのに、ポーション作りの方も継続してくれるんだろう？」

「あくまで呪いの治療は私がやりたくて引き受けることですからね。宮廷薬師として仕事を受けるわけではありませんし、騎士団へのポーション製作を止めるわけにはいきませんから」

呪いの治療は個人的な依頼として引き受けるつもりだ。

宮廷薬師スピカではなく、聖女スピカとして。

かつて大聖女ザニア様がそうしていたみたいに、私も世界中の被呪者(ひじゅしゃ)たちを自分の手で治したいと思っている。

「これからお互い、ゆっくりできる時間は来てくれなさそうだね。式の日取りについては、お互いに時間の余裕ができたらでいいかな？」

「はい、そうですね」

ふたりして頷きを交わしたところで、練習中の楽団の演奏が途切れた。

キリもいいところだったので、私たちはそこで踊りを終える。

でも、レグルス様は私の手を離さない。

何か言いたげな顔をして静止していた。

「……もう少し正式な場で渡したいと思っていたんだけど、次にこうしてゆっくり話せる機会がいつになるかわからないから、今渡すね」

「……？」

不意にそう言ったレグルス様は、懐から小さな箱を取り出す。

それを開いて中を見せてくれると、そこには宝石があしらわれた綺麗な指輪が入っていた。

「これは……」

「婚約指輪だよ。婚約を誓ったのにその類の贈り物を何ひとつ渡せていなかったからさ」

指輪なんて用意してくれていたんだ。

思わぬ贈り物に私は密かに心臓を高鳴らせる。

次いでレグルス様がそれを着けてくれて、指のサイズもぴったりと合っていた。

そのことに安堵した様子を見せた彼は、こちらの目を真っ直ぐに見つめながら伝えてくれる。

「改めて、これからもよろしくねスピカ。愛してる」

「………………」

レグルス様が正面から感情をぶつけてきて、私は思わず顔が熱くなった。

この人はこういうことをさらっと言うからずるい。

でも感情を素直に伝えられる精神力は見習いたいと思う。

その時、私はハッと息を呑む。

〝あれ〟を言うなら、今しかない気がする。

「レ、レグルス様、私も……」

「……？」

ポーション技術の発展によって、聖女の私はお払い箱になった。

婚約者に捨てられて宮廷を追い出されて、自分に自信が持てなかった。

だから私は、レグルス様に気持ちを伝えることができなかった。

レグルス様には他に相応しい人がいる。

私なんかでは釣り合うはずがないと思って。

でも、私は試しで始めたポーション作りで、自分の新しい価値に気が付くことができた。

みんなにも少しずつ自分の力を認めてもらえるようになった。

ポーション作りを通して聖女としても大きく成長することができた。

そしてこうして色々な人から頼られるようになって、改めて自信を取り戻すことができた。

だから、今なら言える。

「わ、私も……」

自分の気持ちを。

抑え続けてきた感情を。

ずっと伝えたかったあの言葉を。

私は、レグルス様の手を取って、素直な気持ちをふたりだけのホールに響かせた。

「私も大好きです、レグルス様」

「………………」

ひと時の静寂がふたりの間に訪れる。

レグルス様は少し驚いたように、目を丸くしてピタッと固まっていた。

現代最強と謳われているレグルス・レオが、何もできずに硬直している。

私は私で当然恥ずかしいんだけど、レグルス様はどんな心境なんだろうか。

瞬間、レグルス様は両腕を開いて、ぎゅっと私を包み込んできた。

「――っ⁉」

あまりに突然のことに、今度は私が何もできずに固まってしまう。

こ、これ、どういう状況ですか？

なんでレグルス様は、いきなり私のことを抱き締めてきたのでしょうか？

レグルス様の温かさを直に感じる。ほのかに甘くて爽やかな香りが鼻腔をくすぐる。

レグルス様に包まれていると思うと、自分でもわかるくらいに顔が熱くなってきました。

「……ありがとう、スピカ。まさか君の方からそう言ってもらえるだなんてとても嬉しいよ。これからもっと好きになってもらえるように頑張るから」

「は、はい……」

レグルス様はそう言うと、ゆっくりと抱擁を解いて、いつもの爽やかな笑顔を目の前で見せてくれた。

よかった。私の気持ちはちゃんと伝わったみたいだ。

少しレグルス様の様子がおかしかったから、正しく伝わっていないのかと不安になったけど。

これでようやく、私がしたかったことをすべて達成できた。

レグルス様と一緒に踊ること。レグルス様に気持ちを伝えること。

それらの大きな目標をやり遂げて、私は改めて思う。

ポーション作りを通して成長したのは、聖女の魔力だけじゃない。

私自身の弱気だった心も、きちんと強く成長することができたんだ。

聖女としてもっとたくさんの人たちを治してあげたら、ますます自分に自信をつけられるんじゃないかな。

そして願わくば……

現代最強の魔術師と名高いレグルス様と共に、さらにこの国に尽くして、『大聖女』と呼ばれるに相応しい聖女に私はなりたい。

劇場を出て、宮廷の中へと戻ってきた後。

レグルスはスピカと別れて自室へと戻った。

従者のベガも今は不在のため、たったひとりの部屋で彼は深々と息を吐く。

そして誰も見ていないからと、レグルスは抑えていた気持ちを吐き出した。

「……お、驚いたな。まさかスピカからあんなことを言われるなんて」

いまだに心臓がバクバクと鳴っている。

スピカに「大好き」と言われて、自分でもわかるくらいに頬が熱くなってしまった。

そして気持ちが盛り上がったあまり、突然彼女を抱き締めてしまったけれど、結果的にそうしてよかったと思う。

なぜなら、ああでもしていなかったら、きっとだらしのない顔をスピカに晒していたことだろうから。

というかまだ顔が熱い。頬も勝手に緩んでしまう。

（いけないいけない、第一王子ともあろう者が……）

ベガが帰ってくる前に平静を取り戻しておかないと。

しかし自分の感情を上手く抑え切れず、レグルスは笑みをこぼしてしまった。

（スピカが僕のことを好きだなんて、本当に夢みたいだ）

まるで自分に都合のいい夢でも見ている気分。

自分が一方的に好意を抱いているだけだと思っていたのに。

スピカの方も自分に好意的な感情を持ってくれていたなんて。

純粋に心から嬉しいと思う。

何より、『大好き』と告げてきた時の彼女の様子がまた……

（……とてつもなく、可愛らしかった！）

願わくば、もう一度あの顔で『大好き』という言葉を聞かせてもらいたいと、レグルスは密かに思ったのだった。

終

あとがき

作者の万野みずきです。

この度は『「用済み」聖女ですが、実は宮廷薬師が天職だったようです。～追放先で作ったポーションは聖女の魔力が宿ったとんでも秘薬でした～』をお手に取ってくださり誠にありがとうございます。


希少な治癒能力を持った聖女様が、ポーション技術の発展で仕事を奪われてしまったら、というテーマのお話でした。

最初はパッとした思いつきで執筆を始めた作品ですが、書いていくうちに現代のＡＩ技術の発展に伴う問題と酷似しているなと気が付きました。

ＡＩに仕事を奪われてしまうと言われている職業もたくさんありますからね。

しかし主人公の聖女スピカは発展したポーション技術に正面から向き合って、逆にその技術を取り入れることで自分に新しい価値を見出すことができました。

ＡＩに仕事を奪われても逆にその技術を利用してもっといい仕事を生み出していこうぜ！というメッセージ性を込めたわけではありませんが、聖女スピカの前向きでひたむきな姿勢が少しでも伝わってくれたのなら作者としてとても嬉しいです！

それとファンタジー系の小説や漫画原作はこれまでいくつか書かせていただきましたが、恋愛ものは今作が初挑戦になります。

ですのでとても新鮮な気持ちで執筆ができました。

今まで書いてきた作品にはほんのりとした恋愛模様しか入れていなかったので、登場人物たちの気持ちの変化を表現したりするのはなかなかに難しかったです。

同時に主人公の活躍もお見せしたかったので、感情表現と活躍シーンを両立させるのに苦労しました。

ですがこのふたつの美味しさを味わえるのが恋愛ファンタジーの醍醐味でもあると思うので、そこに力を入れて執筆できたのはすごくいい経験になったと思います！

ちなみにキャラの名前は星がモチーフです。特に深い意味はなく、キャラの名前を覚えてもらいやすいかなと。

では、ここからはお礼になります。

ＷＥＢ連載時から応援してくださった読者の皆様、書籍から手に取ってくださった方々、誠にありがとうございます。

そして刊行にご尽力くださった関係者の皆様、本作の雰囲気にマッチした華やかで繊細なイラストを描いてくださったにゃまそ様にも、改めて感謝を申し上げます。

それでは、またどこかでお会いできたら幸いです。

万野(まんの)みずき

「用済み」聖女ですが、実は宮廷薬師が天職だったようです。
～追放先で作ったポーションは聖女の魔力が宿ったとんでも秘薬でした～

2023年12月5日　初版第1刷発行

著　者　万野みずき

発行人　菊地修一

発行所　スターツ出版株式会社

〒104-0031　東京都中央区京橋1-3-1　八重洲口大栄ビル7F
☎出版マーケティンググループ　03-6202-0386
（ご注文等に関するお問い合わせ）

https://starts-pub.jp/

印刷所　大日本印刷株式会社

ISBN　978-4-8137-9286-4　C0093　Printed in Japan

[万野みずき先生へのファンレター宛先]
〒104-0031　東京都中央区京橋1-3-1　八重洲口大栄ビル7F
スターツ出版（株）　書籍編集部気付　万野みずき先生

ワクキュン！　心ときめく

ベリーズファンタジースイート

定価:1430円（本体1300円＋税10%）　ISBN 978-4-8137-9225-3